笠間書院

中嶋隆
Nakajima Takashi

新版 西鶴と元禄メディア

その戦略と展開

改訂にあたって

ワードプロセッサーが生産されなくなって久しい。ワープロどころか、僕が本書の初版を書いたころには、手書き原稿を編集者に渡すという今では信じられないことが普通に行われていた。だから、僕も原稿用紙に数行書いては破き、書けないといらついては破き、その日にやっとできた数枚の原稿を、一枚、二枚と数えたものだ。そうやって仕上げた本には愛着がある。

芭蕉の「不易流行」ではないが、初版で主張したことの大筋は間違っていなかったと自負している。江戸時代（近世）は、中世の残影と近代の曙光とが併存した時代である。僕は、近代的なものの萌芽を丁寧に跡付けたかった。だから、西鶴を稀代のメディア・プロデューサーと位置付けたのだ。

パソコンを持つことが贅沢だったころと比べて、現代メディアの発展は著しい。スマートフォンで、チャッチャッと調べ物やゲームをする学生を見ると、食い物を節約して高価な辞典やら全集を買いそろえたり、深夜の喫茶店でインベーダー・ゲームを、ピコピコやったりしていた僕たちの青春は何だったのか、と思いたくもなる。

しかし、多様なメディアの氾濫する現代に西鶴が生きていたとしても、やはりカリスマになったと思う。なぜならメディアの本質的機能は、現代でも元禄時代でもそんなに変わらないと思うからだ。ビル・ゲイツのような大富豪になった西鶴を想像するのも楽しい。

バブル時代に初版が出てから、早十七年……。その間に研究上の新見もあり、なにより日本人の風俗や感覚が変わってしまった。初版では「風流踊り」を「ジュリアナ・ダンス」に譬えたが、ジュリアナ東京というディスコのお立ち台で、ボデコン娘が肌もあらわに踊っていたことを知っている読者は、相当御年配（失礼）だろう。本書では、そういう箇所の表現を改めたし、新しい研究も反映させたつもりである。

ところで、僕は西鶴の没した五十二歳になって小説を書いてみようと突然思い立ち、『廓の与右衛門控え帳』という官能娯楽時代小説で、小学館文庫小説賞という新人賞をいただいた。その時には、西鶴が『好色一代男』を刊行したのは四十一歳だから、江戸時代と現代との平均寿命の相違を考えれば、同じような年頃の作家デビューだと悦に入ったものだ。

が、違っていたのは本の売れ行きである。上方ばかりか江戸でもベストセラー作家となった西鶴は、ホントに偉いと心底思った。

本書が再び陽の目を見たのは、職人肌の編集者である岡田圭介氏の慧眼と御尽力に拠る。記して感謝申し上げる。また私事で恐縮だが、初版執筆時に私の邪魔ばかりしていた豚児の一人が、今夏結婚した。晴れて亭主となった我が豚児と麗しき嫁に本書を贈りたい。

横浜にて、合掌。

『西鶴大矢数』刊行三百三十年紀念の年

平成二十三年九月七日（旧暦八月十日）西鶴忌

中嶋　隆

はじめに

随分昔の話だが、ある出版社が、人気作家を檻《おり》のなかに閉じ込めて「ザッツ　エンターテイメント」と叫ばせるCMを流したことがあった。小説だけではなく、映画や音楽も視野に置いたメディア・ミックス戦略で、その出版社社長は時代の寵児となった。そのせいばかりではないが、誰もが小説を書くようになった。音楽家、俳優、医者、弁護士、画家、コピーライター、大学教師、コメディアン……。文体の贅肉《ぜいにく》を削《そ》ぎ、虚言を弄《ろう》する自己の弱さを唾棄《だき》し、対象をあるがままに認識する精神の強さを鍛練する、というような職人肌というか、求道者のような小説家は、現代ではいなくなってしまった。が、西鶴は、かつてはそういう小説家たちから、神様のように思われていたのだ。

僕は、西鶴はリアリストというよりは、檻のなかから「エンターテイメント」と絶叫した作家たちに近いのではないかと思う。違うところは、編集者として有能な経営者の作った檻のなかに安居しているのではなく、出版を始めたばかりの大坂の本屋を大書肆《しょし》に育てあげてしまったことだ。西鶴の初めて書いた小説『好色一代男』と続編の『諸艶大鑑《しょえんおおかがみ》（好色二代男）』は、上方ばかりでなく、江戸でもよく売れた。前者は仮名草子（小説）と俳諧、後者は仮名草子と諸分書《しょわけ》（遊里案内書）というように、異質なメディアを取り合わせた点に、西鶴の創意があった。

西鶴の小説を、現代小説の分類にあてはめると、こんなふうになるのではないだろうか。『好色一代男』『諸艶大鑑』は、さしずめ銀座のバーを舞台にした風俗小説。『西鶴諸国はなし』は珍談、奇談のルポルタージュ小説。『男色大鑑《なんしょくおおかがみ》』後半部、『好色五人女』などは演劇小説。『日本永代蔵《えいたいぐら》』『世間胸算用』は経営者、中間管理層向け経済小説。『武道伝来記』『武家義理物語』は、戦《いくさ》を知らない武士を読者にした、いわばサラリーマン小説……。

一人の作家が、こんなに多種多様な作品を書くのは、現代でも珍しい。西鶴の本業は俳諧師だから、現代によくいる兼業作家のようなものである。その西鶴が、出版資本を育成するような企画を次々に立て、わずか十二年の間に、二十作の小説を刊行し、浄瑠璃や役者評判記を書き、他人の本に挿絵まで提供する。もちろん、本業の俳諧師の仕事も続けながらである。西鶴の凄《すご》さは、求道者のような精神的高みに到達したことにあるのではなく、そのマルチタレント風な生き方にあったのではないか。

もう一つ、西鶴を語るのに忘れてはならない要素がある。西鶴が大坂で生まれ、育ったことだ。噂や流言は、当時、原始的だが重要なメディアだった。商品の流通と同じように情報も流通する。文化的伝統のある京都、参勤交替で諸国の侍の集まった江戸、そして全国の物産の集中した大坂、この三都が情報流通の拠点となった。とりわけ大坂の商人は情報に敏感だった。

西鶴は、噂というメディアを利用した最初の俳諧師である。京都の三十三間堂で行われた通し矢に倣《なら》って、一日一夜に何句詠めるかを競う矢数俳諧。僕は、大坂生玉《いくたま》本覚寺や摂津住吉大社で何千人も聴衆を集めたというこの興行は、大坂が情報発信地であったから成功したのだと思う。噂が人を集め、集まった人から、商品の流通経路にのって、情報が全国に伝播する。量とスピード（時間）を尊ぶ新しい文化を背景に、西鶴の自己宣伝は成功を収めたのだ。

僕は、四年ほど大坂郊外の女子大に勤務した。東京、横浜育ちのアズマエビスには、一年目はカルチャーショックが少しはあったが、情の細やかな文化風土に慣れると、大層居心地がよかった。西鶴が四千句独吟に挑戦するという噂が流れるや、「アホやな、見に行こか」などと言って、生玉本覚寺に、大坂人は押しかけたのではないだろうか。今でも大坂には、好奇心やバイタリティに満ちた人々が多い。西鶴は隣のオッさんのような親近感をもたれているようだ。

あえて言うなら、大坂が西鶴をはぐくみ、西鶴が大坂を超えてしまったところに、西鶴の偉さがあると思う。芭蕉や近松も活躍したこの時期の日本文化が、地域性を超えた普遍性をなぜもったかというのは大問題である。

本書は、メディア・大坂・文化をキーワードにして、西鶴の文芸活動について述べた。寛永・寛文・元禄・享保と節目をもつ近世前期文化史の一環として本書を書いたつもりだ。

昨年（平成五年）は、西鶴没後三百年にあたった。記念行事の一つとして、東京の国文学研究資料館で、六人の西鶴研究者の講演があった。僕も「西鶴と出版ジャーナリズム」という題で話をしたのだが、講演終了後、日本放送出版協会の小林玉樹さんから、的確な感想をうかがった。さらに、NHKラジオのスタジオで「西鶴生涯の謎に迫る」というテーマについて、原稿抜きで冷汗をかきながらしゃべっている時にも、御同席いただいた。その上、本書をまとめるようにおすすめいただいたことは、望外の幸せである。

十七年前、僕の卒論に「世之介も面影みせよ西鶴忌」の一句をしたためてくださった早稲田大学名誉教授暉峻康隆《てるおかやすたか》先生からは、現代との接点を考えて古典を研究する姿勢を学んだ。また、おなくなりになる前の三年間、京都大学の西鶴研究会で御教導をたまわった故・野間光辰先生の温顔も忘れられない。野間先生からは、西鶴の生きた時代の眼で西鶴を読むことを学んだ。

暉峻・野間両先生の研究姿勢は、凡俗の研究者が口にするような、相対立するものでは決してない。

名前はあげないが、先輩・畏友たちからうけた学恩は、はかりしれない。深く感謝する。

「皿屋敷」ではないが、夜半に真っ青な顔をして、一枚、二枚、三枚……と原稿用紙を数える僕を、それなりの仕方で励ましてくれた愚妻と豚児達に本書を捧げたい。


平成六年九月十五日（旧暦八月十日）西鶴忌

横浜にて、合掌。

中嶋　隆

【新版】西鶴と元禄メディア　目次

改訂にあたって……1　はじめに……3

序章●近世初期文化とメディア……11

I　近世メディアの開放……12
説話伝承の崩壊…12　出版と噂…14

II　流言と情報管理……16
男色殺人事件…16　『永代日記』にみる事件の真相…21
事件の反響と犯人の追及…25　犯人の処刑…28　西鶴の描いた男色三角関係…31

III　出版メディアの成立……36
写本の時代、版本の時代…36　キリシタン版・朝鮮版と古活字版…37　整版印刷と書肆…42
挿絵のメディア…45　京・西村市郎右衛門と江戸・西村半兵衛の出版活動…51

第一章●俳諧師西鶴の出発……59

I　西鶴の生きた時代……60
西鶴出自の謎…60　寛文期の西鶴と大坂…62　かぶき精神と西鶴…65　近世初期文化の展開…69

II　職業俳諧師への道……75
『生玉万句』…75　『哥仙大坂俳諧師』…77　妻の死と『俳諧独吟一日千句』…78
『西鶴俳諧大句数』…82　矢数俳諧の流行…84　『西鶴大矢数』…86　矢数俳諧の意義…89

第二章●西鶴の俳諧と出版メディア……………91

I　大坂書肆の俳書出版……92
尾張屋安兵衛と深江屋太郎兵衛…92　俳書の流通…95

II　出版メディアの利用……101
西鶴と「出版ジャーナリズム」…101　西鶴の絵俳書出版…103　俳諧師西鶴の挫折…105

第三章●浮世草子の成立……………113

I　『好色一代男』の俳諧……114
天和二年の西鶴…114　『好色一代男』の刊行…116　「好色」と「色好み」…119
俳諧の貴公子「世之介」…122　「御伽草子」的構成…126　女護の島渡りの俳諧…130
遊里と堂上…135　遊女の「本意」…137

Ⅱ 「流行作家」西鶴の誕生……144
江戸版『好色一代男』…144 『諸艶大鑑（好色二代男）』の好評…145 『諸艶大鑑』の枠組…147
諸分書的内容…149 死ば諸共の木刀…152

第四章●浮世草子の展開……………155

Ⅰ 貞享年間の西鶴……156
岡田三郎右衛門・森田庄太郎…156 「説話」の小説…159 「風俗書」の小説…163
「芸能」の小説…167 「教訓書」の小説…174 「経営書」の小説…180

Ⅱ 西鶴の晩年と遺稿出版……185
『世間胸算用』のリアリティ…185 『西鶴置土産』の世界…188 遺稿の出版…190
芭蕉の西鶴評…194 出版メディアの商業主義…195

西鶴略年譜…197

※本文中、『永代日記』以外の作品の引用については、原典どおりに翻刻するのを原則としたが、必要に応じて句読点・濁点等を加え、難字の読み仮名を（　）に入れて示した。

序章　近世初期文化とメディア

元禄五年刊行の『女重宝記』
巻一・挿絵（部分）。

Ⅰ　近世メディアの解放

説話伝承の崩壊

中世説話は、口から口へ（口承）、あるいは写本から写本へ（書承）伝承された。仏教説話を例にとると、全国を行脚《あんぎゃ》した談義僧や遊行聖が説話の伝播者として重要な役割を演じた。霊が、通りがかりの者に、証拠の片袖を託して回向《えこう》を依頼するという霊験譚《れいげんたん》が、各地に伝承する。この話は、『立山曼荼羅《まんだら》』などの霊山縁起や『奇異雑談集』巻一の一に見られるが、立山を中心に全国に流布したのは、廻国の説話伝播《でんぱ》者に負うところが大きい。そして、近世小説にも、類話がしばしば登場する。

鈴木正三《しょうさん》の法談を編集した片仮名本『因果物語』（寛文元年・一六六一刊）上巻一の第五話は、出家した弟の譲銀で裕福に暮らした兄が、死後、弟に弔いを頼み、証拠に「著物《きもの》ノ左ノ袖ヲ渡ス」。説教の話柄を集めたこの本の性格上、まだ仏教的性格の濃い片袖説話である。天和三年（一六八三）刊『新御《お》伽婢《とぎぼう》子《こ》』巻五の三では、心中死した娘の霊が、自害の経緯を巡礼に語って「懐より手拭ひとつ取出、身に添る物是ならでなし。父母《たらちね》は是能《よく》見知給へり。しるしにし給へ。相かまへ頼侍るといひて」消え去る。『諸国心中女』（貞享三年・一六八六刊）巻三の一も、証拠の品が変わっているが、前作と似たような筋をもつ。男女の霊が、祐慶という法師に心中死の理由を語ってから「是をしるしにと、さしたる刀をわたす。女ももちたる念珠を捧」げる。片仮名本『因果物語』と比べて、あとの二つの話は、霊の回向依頼を強調する唱導的姿勢よりは、恋物語を叙述する事に作者の意図がある。が、仏教説話の一応の枠組は守られている。

ところが、貞享三年（一六八六）に出版された『好色三代男』巻三の一になると、法談の話柄が笑話の一趣向に変質し、仏教説話の枠組が崩壊する。この話は、井戸に落ちた冷水売りが、風呂屋女の案内で、おろせ・太鼓女郎・くつわ・風呂屋女の地獄を廻るというものである。室町時代小説の『富士の人穴草子』を翻案した作品だが、章末を次のように記す。

「我母娑婆《しゃば》にて、川原町に洗濯屋して居給ふかたへ、此苦しみを語り、跡弔《と》ひてたべと、念比《ねんごろ》に申て」といふに、「しるしなくて、いかがは人の誠とすべき」といへば、玳瑁《たいまい》の挿櫛、亀甲《きっかふ》に梅鉢の紋あるを「見せて給べ」とさし出す。「是《これ》も世のつね多き物なれば、身にちかき物を」といふに、はな紙入より質札二枚取り出し、「是こそ母へ合力のため置たる物にて、能《よく》しられたる事に侍る。今は時刻になりぬ。さらばへ」と、いふ波の煙の中へ紛入ぬと思ひて、目をひらけば、伊豆の箱根のふもとなる岩穴に、日数経て出けるとぞ。

本話では、主人公が、霊から片袖ならぬ「質札」を託されるという笑話のオチに、霊験譚が利用されている。このような文芸化した趣向からは、談義僧の伝承した中世説話の宗教性がうかがわれない。

西鶴も『本朝桜陰比事《ほんちょうおういんひじ》』（元禄二年・一六八九刊）巻二の八「死人は目前の釼《つるぎ》の山」で、破戒僧の詐欺譚に、片袖説話を使っている。不慮の死をとげた父親から、立山で脇差を託されたという旅僧が、息子を訪れる。僧は、遺産を残らず仏に施すようにとの死者の言葉を伝えるが、実は腰元と僧とが共謀の上、脇差を盗んだのだったという話である。

このように、西鶴の活躍する元禄期には、中世までの口承・書承という説話伝承のレベルを越えて、談義・唱導の話材さえ、本来の宗教性を喪失した。すなわち〝出版〟という近世メディアの発達が、説話伝承を崩壊させたのだ。

出版と噂

説話から宗教性が喪失する一方、江戸時代は大量の仏書が出版された時代でもある。勧化《かんげ》本・談義本・唱導書などと呼ばれる通俗仏書の刊行は、後小路薫氏「近世勧化本刊行略年表」によれば、元和四年（一六一八）から元治元年（一八六四）までの間に、約五百部を数える。▼注①なかでも、仏典を仮名まじり文に直し、注解を施した『阿弥陀経鼓吹《くすい》』『無量寿経鼓吹』『観無量寿経鼓吹』『父母《ぶも》恩重経《おんじゅうぎょう》鼓吹』などの初期の仏典解説書は、例話に、史書・善書・類書・志怪書などの漢籍を広く使って、それらを直接読めない近世小説の作者にも影響を与えた。

また、二、三千部も売れたという寛永十五年（一六三八）刊『清水物語』をはじめ、寛文頃までに出版された『祇園物語』『大仏物語』『夫婦宗論《ふうふしゅうろん》』『糺《ただす》物語』『見ぬ京物語』『百八町記』などの、儒仏神、儒仏道の優劣を論じた問答体の仮名草子は、当時のベストセラーであった。江戸時代初期には、教典・教義が、通俗仏書や仮名草子の出版により、中世とは異なる手段と規模で一般に浸透した。メディアの発達が、中世と近世との仏教を隔てることとなったのだ。

版本による情報流通量の増大は、仏教だけではなく、文化のあらゆる面に影響を与えた。たとえば、歌書類は本の左はじ、物語類は中央に題簽《だいせん》（題を記した紙）を貼るという、和歌の二条派の口伝がある。写本では、東常縁《とうつねより》の『東野州聞書《とうやしゅうききがき》』に「一、同十六日常光院来臨あり。申されしは、歌双紙をば外題をはしに、例式のやうに押すなり。物語をば中におす由申されし」と記されている。『東野州聞書』は比較的流布した写本だが、入手できた階層は限定される。

ところが、天和二年（一六八二）に、丸屋源兵衛という本屋が、『書札初心抄《しょさつしょしんしょう》』という、手紙の書き方などを指南した一般向けの教養書を刊行した。著者は坂内山雲子直頼《さかうちさんうんしなおより》で、『東野州聞書』を引用書目のうちの一冊にあげている。この本は「押様の事、歌書双紙などは、つね式にをし、源氏伊勢物語など、何にても物語は中にをすなり」と、二条派の口伝を明文化する。『書札初心抄』の読者層は、写本とは比較にならないほど広範に及んだ。こうなると、口伝・秘伝・伝授などで特権を保っていた文化層は、打撃を受けざるをえない。

メディアが、宗教や特権階級から解放され、メディア独自の論理を追求しだすようになったのが江戸時代である。江戸時代の印刷技術については第三節で述べるが、出版メディアの問題を無視しては、江戸時代の小説や文化は論じられない。また、噂や流言は、当時の重要なメディアであった。中世説話が、遊行民《ゆぎょう》によって流布したのと異なり、江戸時代の情報は、京・大坂・江戸を拠点に、商品の流通経路にそって、全国に伝播した。近世の情報は、中世と違い、伝達速度が意味をもつ。

新聞、テレビ、パソコン、携帯電話などの情報メディアの発達した現代では、噂というと、なにか胡散《うさん》臭い印象がつきまとうが、私は、かなり正確な情報伝達力をもっていたと思う。どのくらい正確であったかは、十七世紀半ばに起こった殺人事件を例にとり、次節で述べたい。書承に対する出版メディア、口承に対する噂・流言。中世文化と近世文化とを隔てる一つの境界は、〝量と速さ〟のメディアの有無にあったのだ。

注①▼後小路薫氏「近世勧化本刊行略年表」（「文芸論叢」10　一九七八・三）

Ⅱ　流言と情報管理

男色殺人事件

明暦二年（一六五六）七月三日、前代未聞の殺人事件が起きた。駿府城在番の書院番頭稲葉伊勢守正吉が、近習の安藤甚五左衛門、松永喜内両名に殺されたのである。

此日（七月五日）、駿城在番の番頭稲葉伊勢守正吉自殺せしよし聞えければ、大目付北条安房守氏長《うじなが》、目付小田切喜兵衛須直《もちなを》を、検使としてつかはさる。

当初この事件を、幕府の記録『厳有院殿御実紀』は、正吉の自害と記している。だが、この一件が世間の耳目をひいたのは、殺人の動機が主君と家臣との衆道（男色）のもつれにあったらしいことが判明したからであった。

事件の処理にあたったのは、当時幕府奏者番の職にあって、翌年老中に補せられる小田原藩主稲葉美濃守正則《まさのり》である。正則は、三代将軍家光の乳母春日局《かすがのつぼね》の実子丹後守正勝の子で、被害者伊勢守正吉の甥《おい》にあたる。

事件が落着し、犯人を意のままに処罰せよとの上意が下ったのは八月十六日。『厳有院殿御実紀』のこの日の項は、世上に流布した次のような噂話を書き添えている。

世に伝ふる所は、伊勢守正吉が家司皆手甚五左衛門《ママ》といへるもの、正吉寵愛の小童に姦通し、そのことのあらはれんを恐れ、小童にをしへて主を弑し、自殺のさまにこしらへしが、御目付を下され検屍せしに、手をば握りて、白刃をば持ずありしより、いぶかしきこと〻なりて、家士等、府《(江戸)》にめされ、一門の族をして糺察せられしが、正則がよくはからひて、甚五左衛門竟《つひ》に白状にをよびしとなり。

犯人が処刑されたのは、事件から一か月半後の八月十九日のことであった。事件後、半世紀ほどたって書かれたものだが、天正頃から延宝八年（一六八〇）にいたる雑説を編纂した『玉滴隠見《ぎょくてきいんけん》』は、その処刑の様子を次のように描く。

〔伊勢守正吉殺害事件の相関図〕

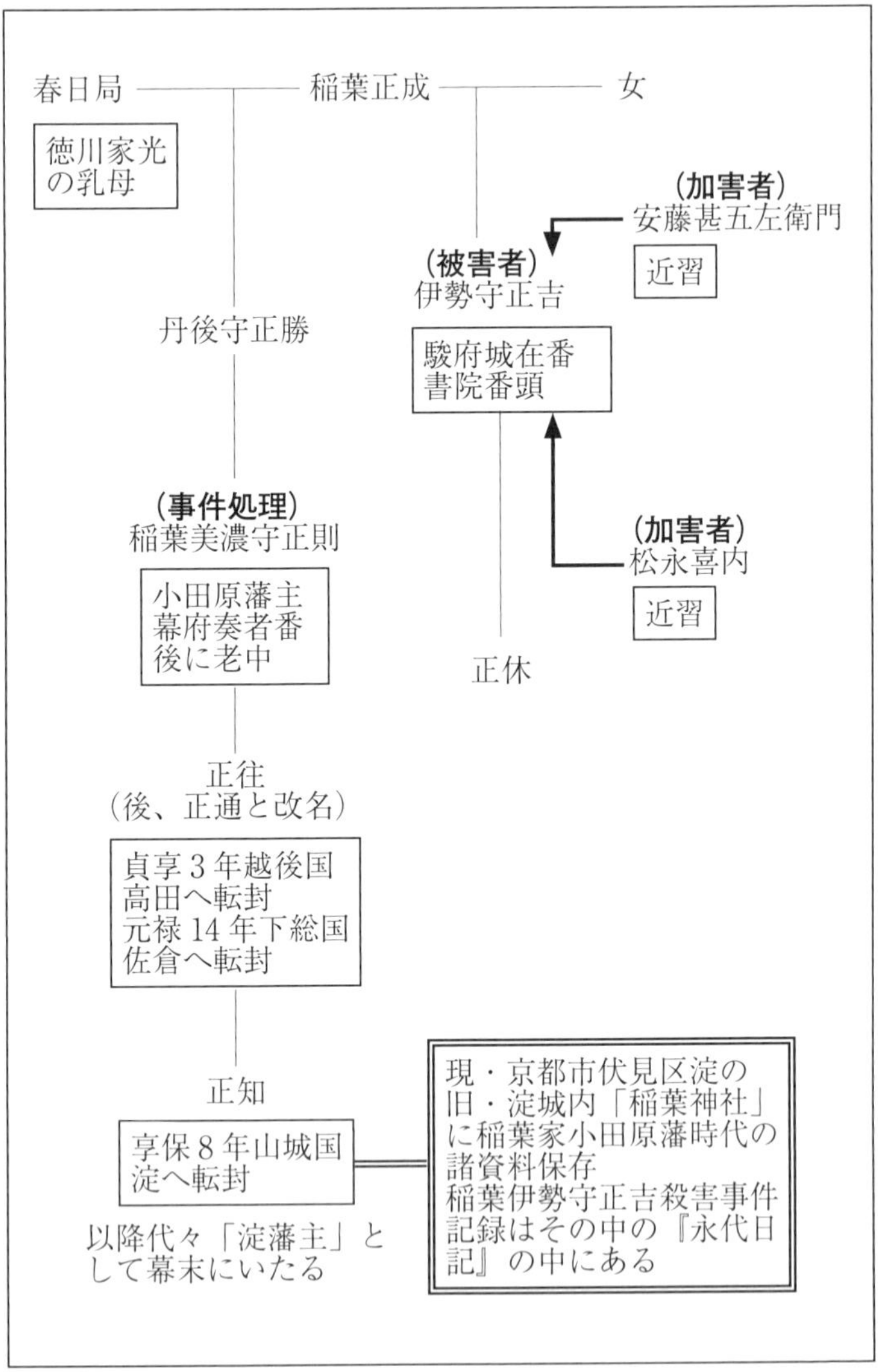

濃州《（美濃守正則）》ヨリノ差図ニテ、広ク穴ヲ掘セラレ、其穴中ニ炭火ヲオコシテ、大成《なる》丸竹ヲ渡シ、其竹ノ上ヘ彼罪人ヲワタシ、浜ヤキ杯《など》スルヤウニ、アブリ殺シ玉ヒヌ。喜内コトモ同前也。扨亦《さてまた》甚五左衛門母、喜内母、此両人ヲ斬罪ニ申付ラレケリ。亦《また》医師也ケル好斎コトモ、此《この》義ニ相加リ申ニ付、縛首《（手を縛ったまま首を切ること）》ヲ切レケリ。右ノ外、甚五左衛門ガ一類ドモ、或ハ切腹、或追放、喜内親類ドモモ同前也。

『玉滴隠見』は、偽装自殺の露顕に関し、『厳有院殿御実紀』とは異なる巷説を記録する。

其謀《そのはかりごと》ニハ、勢州《（伊勢守正吉）》乱心ニテ、夜前自害被致《いたされ》候由、披露ス。相番衆、其《その》手疵ヲ見届ラレシ処ニ、指料ノ中脇差ヲ、右ノ手ニ持セ、小フヘヲ快ク一太刀ニカキ切玉ヘバ、手自ノ仕ワザノ様ニモ見ヘザリケレバ…。

自殺特有の、今で言うためらい傷のないことが死因に不審をいだかせることになったと述べるのだが、伊勢守が手に刀を持たずにいたことを他殺の根拠とする『厳有院殿御実紀』の記述とは相違している。

事件の起きた七月三日から一か月余りの間に、正則はどのようにしてこの事件を裁断したのだろうか。

私がこの一件に興味をもつのは、推理小説めいた事件の展開もさることながら、小田原藩側の資料から、実際の事件の顚末《てんまつ》と正則の対応とが、比較的確実にたどれるからだ。後述のように、正則は、松平伊豆守など幕府中枢と密接な連絡をとりながら、事件を処理しているのだが、場合によっては、流言蜚語《ひご》が稲葉家の命取りになりかねない状況下で、事件の解決がはかられた。

小田原藩の、いわば情報管理の目をかいくぐって洩れ出た流言・巷説と事実との懸隔を検証すれば、流言や噂という形態をとった当時の社会の情報収集機能が垣間《かいま》見られるのではないだろうか。

さて、稲葉家は、正則の子正往《まさゆき》（後に正通と改名）の代になり、貞享三年（一六八六）に小田原から越後国高田に転封、元禄十四年（一七〇一）には下総国佐倉に移される。さらに、その子正知は、享保八年（一七二三）山城国淀に転じ、以来代々淀藩主として幕末にいたった。

この稲葉家小田原藩時代の諸資料が、京都市伏見区淀の旧城内稲葉神社に保存される。稲葉伊勢守殺害関係の記録は、このうち『永代日記』三十冊（抜書七冊を含む）のなかの一冊に載る。慶安元年（一六四八）から天和三年（一六八三）に及ぶ日次《ひなみ》型式の記録である『永代日記』は、田辺陸夫氏「永代日記と田辺家」によると、正往の命により「貞享三年（一六八六）から元禄元年（一六八八）十月まで約三年間を要して完成されたもの」で「寛永十八年（一六四一）から天和三年（一六八三）まで四十二年間七十一冊の膨大な巻数であった」と推定されるが、現存本はその約三分の一にすぎない。▼注①

以下、この記録から、この事件にかかわる小田原藩の対応について述べる。

注①▼田辺陸夫氏「永代日記と田辺家」（『神奈川県史　資料編・四』附録　一九七一・一二）

『永代日記』にみる事件の真相

家光の信任厚く、小田原関の警固の任に就いた丹後守正勝の腹違いの弟で、稲葉正成の十男＝伊勢守正吉（三十九歳）の自殺の報が、江戸小田原藩邸にもたらされたのは、明暦二年（一六五六）七月五日のことであった。

『永代日記』のこの日の項は、次のように書き出される。

七月五日　曇

一、稲葉伊勢守様、駿府に於て、去《さる》三日寅上刻（午前三時半頃）、自殺成されるに付、八木儀左衛門、彼地より参着。茲《こゝ》によりて、真鍋伊兵衛同道にて、御下屋敷へ罷《まかり》越す。

当時、駿府城には、幕府の大番頭《おおばんがしら》から任命され、施政一般と大手門の警固を担当する駿府城代、四足《よつあし》門の警備についた駿府城定番、市政取締にあたる駿府町奉行、このほかに、江戸に十組あった書院番が、毎年一組ずつ交替で在番の任についた。書院番は、各組に番頭・組頭・組衆・与力・同心を置くが、正吉は慶安三年（一六五〇）以来番頭を勤め、明暦二年（一六五六）に駿府城に在番した。

一報をもたらした八木儀左衛門は、正吉の自殺を報告したというよりは、下屋敷の正則に死体検分の不審を述べたてたようだ。詳しいことは後述するが、かつて家光六人衆の一人だった松平伊豆守信綱に提出された覚書では、この時の儀左衛門の証言を、殺害の根拠にあげる。

ともあれ、しばらくは正吉の死は自殺として処理された。

この日、老中酒井雅楽頭《うたのかみ》忠清が、藩邸の義雅（正則の長子、正往《まさゆき》、正通《まさみち》と改名）を弔問する。下屋敷の正則はすぐに雅楽頭に返礼に出向き、正吉の長子で、十六歳の正休《まさやす》を見舞っている。ちなみに、この正休は、約三十年後の貞享元年（一六八四）、江戸城内で大老堀田正俊を刺殺するという大事件を引き起こす。

他に記録された弔問客は、山田左兵衛（重安、小姓組組頭）・舟越伊与守（永景）・牧野織部（成常《しげつね》）・酒井日向守（忠能《ただよし》、妻は稲葉正勝の娘）であるが、いずれも幕府の要職にあった人物ではない。

一方、幕府は、死んだ正吉のかわりとして、書院番頭滝川長門守利貞に駿府在番を命じ、大目付北条安房守氏長《うじなが》、目付小田切喜兵衛須直《もちなを》両名を、死骸検分のために駿府に派遣する。稲葉家側では、正則の従弟八左衛門正能《まさよし》が、事後処理のため、江戸を出発した。

正吉の家老、安藤甚五左衛門には、与力・同心衆は平常通り勤番せよとの手紙が遣わされた。正吉の遺体は、目付衆が改めた後、小田原紹大寺で火葬、遺骨は上野現竜院に納めるよう、手筈《てはず》が整った。正則の指示は、委曲をつくしている。例えば、次のような記録が残される。

一、駿府に於いて、伊勢守様御誂物《あつらえもの》幷《ならびに》家中の者買掛りなど、町中にこれ在候はば、御払せ成さるべく候。金子不足に候はば、小田原まで仰せ越さるる様にと、稲葉八左衛門様へ仰せ談じられ候。且又《かつまた》、御死骸は、御供六七人にて、潜《ひそ》かに御越、御家来衆は、追〻罷《まか》り下り候筈《はづ》也。

伊勢守の借金はもとより、家中の者の買掛り（代金は後払いで、品物を購入すること）まで、小田原藩が返済する、遺体も家臣も目立たぬように駿府から退出せよと命じているのである。
家光・家綱時代に改易された大名のなかでは、「死するの状よからざる（『寛政重修諸家譜』13）」ため除封された加藤明利（寛永二十年改易）と、近隣諸藩と悶着のすえ、自殺に追い込まれた稲葉紀通（慶安元年改易）の例があるが、通例では、嗣子がいるかぎり、自殺は改易の理由にはならない。正吉の死を隠そうとする正則の周到な配慮は、この事件が、場合によっては正吉の不行跡ととられかねないことを、八木儀左衛門の報告から得ていたからではないか。

ただし、この段階では、まだ正則は犯人を特定していない。殺害をそそのかした安藤甚五左衛門に、家中平穏を命じてさえいる。

『永代日記』のこの日の項には、幕閣の実力者、松平伊豆守信綱に提出された正則の覚書が載る。覚書からは、正則が、正吉の死を他殺と断定していたことがわかる。

一、松平伊豆守様、河越に御座なさるるに付、伊勢守様御自害の様子、御書幷別紙の御覚書遣され候、左の如し。

覚

一、同名伊勢守儀、娘相果て候以後は、気分緩とも御座無き由、申候得共《ども》、差ての儀にては、之《これ》無く申候。当月二日の晩、臥り候迄《まで》、家来の者・医者など呼出し、咄《はなし》をも仕《つかまつ》り候得共《ども》、常に相替る儀も御座無き由、申候。

一、松平丹後守殿（松平重信、明暦二年正月より駿府城代）、駿府へ御越以後、終《つひ》に申入れず候に付、三日に申請候とて、約束仕り、二日の晩まで用意をも申付け候由《よし》に御座候。
一、二日の夜明、七つ前《（午前三時半頃）》に、伊勢守、湯をくれ候様にと申すに付、近所に臥り罷《まかり》在候小姓、次の間へ参り、湯を汲みて給はさせ、茶碗を次の間へ持参致し、直《すぐ》に自分の用所を達し、又《また》元の所へ参るべしと存じ、寝間の口迄《まで》参り候得ば、せきを二声発し仕り候に付、痰《たん》つかへ申候哉《や》と存じ、次の間に之《これ》有候行灯《あんどん》を持参いたし、見申候得ば、腹を切り、喉《のど》をもかき、死きり罷《まかり》在候由《よし》、右の小姓申す由に御座候。

覚書のこの前半には、正吉が、この年の正月から駿府城代に在番した松平重信を、翌日接待する約束をかわしていたこと、娘（『寛政重修諸家譜』には「某　早世　母は数直が女」と記す）が死んでからは気鬱の日が多かったけれども、二日の晩は普段とかわらない様子だったこと、さらには自殺を発見した小姓の証言が記されている。

正吉に湯を運んだあと、「せきを二声」発したので、痰がつかえたのかと思い、次の間の行灯《あんどん》をもっていくと、すでに正吉は自害していたというのが、小姓の申立てであった。正則は、この証言が嘘だとの心証を得たようだ。覚書の後半を引く。

一、脇差・刀共《とも》に、中程に計《ばかり》、のり《（血のり）》付き、切先には、二腰共に、のり付き申さず候由、伊勢守家来八木儀左衛門と申す者、駿府より、今日当着致候、死骸をも、見申候て罷《まかり》越し、様子申聞かせ候由に承り候。

一、私共存じ候は、工《たくみ》候て、自害仕《つかまつり》候はば、書置をもいたし、又は、丹後守殿振舞《ふるまい》申す儀も、仕舞《しまひ》迄《まで》仕るべく義に御座候処に、相違ひ候様に存じ候。若《もし》右の小姓、不儀の覚悟も仕り候哉《や》と存ずる事に御座候。以上

七月六日

右の通り、伊豆守様へ仰遣さる。外の御衆へも御文言同断、昨日遣され候。

正則が、正吉の死を他殺と断じた根拠は三点ある。

(1)刀・脇差の切先に、血糊《ちのり》が付着していない（八木儀左衛門の報告）。
(2)遺書がない。
(3)翌日に駿府城代松平重信の接待をひかえている。

このような物証と状況証拠とを揃えた上、正則は、松平信綱あての覚書と同趣旨の手紙を、家光以来の幕府重臣に差し出した。

事件の反響と犯人の追及

七月六日の江戸は雨模様だった。が、巳刻（午前十時頃）には雨があがり、戌上刻（午後七時頃）には一時激しく降ったものの、やがて止《や》んだ。この日の辰后刻（午前八時半頃）、正則は長子正往《まさゆき》を訪問、正午には帰宅する。覚書の提出された重臣は、家光の遺命で家綱を補佐した大老酒井讃岐守（忠勝）をはじめ、酒井雅楽頭《うたのかみ》（忠清、老中）・井伊掃部頭《かもんのかみ》（直孝、大番頭）・保科肥後守（正之）・堀田

上野介（正信）の五名に及んだ。

さらに正則は、井伊直孝、酒井忠勝の子修理太夫（忠直）、三十五年間京都所司代を勤めた板倉周防守（重宗。父伊賀守勝重と二代にわたる公事判例集『板倉政要』が、世に流布するなど、名裁判官として有名）と個別に面談した。

七月十日、晴天。この日、駿府に赴いていた稲葉八左衛門が帰参、正吉の娘婿永井伊賀守（尚庸《なをつね》、小姓組）をまじえて、相談がもたれた。夕刻には、尾州黄門（尾張中納言、徳川光友）の使者が来邸する。

前日丑刻（午前二時頃）に、正則の指図どおり、家士四人、御歩行者《おかちもの》六人の少人数の侍がひそかに小田原に運び込んだ正吉の遺骸は、紹大寺で火葬された。

翌十一日、晴天。巳刻（午前十時頃）から、安藤甚五左衛門の詮議が藩邸で始まる。

一、甚五左衛門、申出すべき儀を申出さず、不審なる儀ども之《これ》有るに就き、書付を以て御尋成さる。御使、畑治部右衛門・奥住与次右衛門。巳刻（午前十時頃）、段々甚五左衛門に申渡すといへども、御請遅くに及び、酉刻（午後六時頃）、書付を以て、申上ぐ。則ち、右の書付、奥住与次右衛門、御使として稲葉権佐様（正吉の子正休）へ遣され候。

取り調べは約八時間に及び、殺された正吉の長子正休《まさやす》のもとへ、報告された。小姓松永喜内の尋問も、この日から正休の屋敷で行われた。

正則の用心深い指図にかかわらず、すでにこの事件は、江戸に参集した諸藩の侍の恰好の話題となったようだ。『永代日記』のこの日の項には、藩士へ守秘義務を課した正則の指示が記録される。

一、今般、伊勢守様儀に付《つき》、御家来御僉儀《せんぎ》の様子、家中の諸士へ、諸方より尋ね来り候はば、役人の外、様子不埒《ふらち》の由、申遣すべく候旨《むね》、序《ついで》に於て、御直《じか》に仰渡さる。其後《その》、状返札の案詞二通、御好み遊ばさる、文言に曰く、

一、伊勢守殿家来の者、僉儀の様子、御尋ねの義、美濃守の者二三人も、伊勢守殿屋敷へ、替々《かはる〳〵》参候へども、役人の外、様子一円存ぜず候。替《かはつ》た儀も承り候はば、重ねて序《ついで》に申入るべく候。

今少し先へ寄り候の返事には

一、伊勢守殿家来の者の様子、今程、僉儀半《なかば》の由に御座候得ば、先日も申入る、如《ごと》く、役人の外、一円存ぜず候。伝承候段、申入るべく候得ば、相違の儀御座候へばいかがと存じ、申入れず候。少しも疎意にて申入る義に御座無く候。

手紙の返事には、「取り調べの様子は、役人しかわからない。何か変わったことを聞いたら知らせる」と書き、時が経過したなら「取調べの様子は、相変わらずわからない。聞きかじったことを伝えては、事実と相違してしまうので、知らせなかった」と返書せよと命じている。江戸の武家社会での流言を、正則がいかに警戒したかが、うかがわれよう。

翌十二日には、正則自身が、書付をもって甚五左衛門を尋問した。

この当時の犯人糺察《きゅうさつ》の常として、七月二十六日からは甚五左衛門、二十五日以前には松永喜内が拷問された。次に引く『永代日記』の簡単な記事からは、白状にいたる詳細はわからないが、両人とも容易に拷問に屈しなかったようだ。

七月二十六日　晴天
一、安藤甚五左衛門、今日、水問・木馬に乗せ、糺明　仰付られ候。
七月二十七日　晴天
一、松永喜内儀、拷問にては白状致さず、理屈詰めにて、二十五日より白状仕る様子、自筆にて申上げ候。
七月二十九日　強雨
一、松永喜内、いまだ不審なる儀、之《これ》有に付《つき》、今日、木馬にて拷問　仰付けられ候。

安藤甚五左衛門が白状したのは、八月十三日のことである。未后刻（午後二時半頃）、正吉の娘婿、永井伊賀守尚庸《なをつね》の屋敷に、正則をはじめ、正吉一門が参会し、犯人の処罰を相談した。正則は、酉の后刻（午後六時半頃）に帰宅した。

犯人の処刑

八月十四日、江戸は雨模様ながら、時折晴間がのぞいた。日の出とともに、正則は、永井伊賀守と同道し、酒井雅楽頭（忠清、老中）・松平伊豆守（信綱）・阿部豊後守（忠秋、老中）を訪問する。犯人の自白を報告し、その処罰を相談するためであった。

十六日、正則に江戸城登城が命ぜられる。辰刻（午前八時頃）出仕、「今度、安藤甚五左衛門・松永喜内、悪逆無道の儀、上聞に達し、憎き様子に思召《おぼしめ》され、悪人共、美濃守（正則）へ下され候間、心の侭《まま》に申付候様に」との上意が申し渡された。正午には退出、即刻、一昨日訪問した三人の実力者に礼を述べ、正休を見舞う。

十七日には、甚五左衛門・喜内の親類への仕置が小田原へ伝えられる。十八日に、喜内の母親が、正休の上屋敷へ運ばれ、下屋敷では処刑の準備がすすんだ。

十九日は、晴天。正則の上屋敷から、寅中刻（午前四時頃）、安藤甚五左衛門が、正休の下屋敷に護送された。同じ頃、松永喜内も正則の下屋敷から同所に移された。

両人と医師江斎処刑の様子を、『永代日記』は、次のように記録する。

一、御一門様方、何れも御参会。巳上刻（午前九時半頃）、悪人共、庭上へ引出し、甚五左衛門・喜内両人、並置く間にて、江斎首を刎落《はねおと》し、扨《さて》両人火あぶり。先《まづ》、高見藤左衛門、明松《たいまつ》を以て、甚五左衛門・喜内に火を付る。其《その》外、八木儀左衛門・長沢伝左衛門以下権佐様（稲葉正休）衆、何れも一偏通り、之《これ》を焼く。午中刻（午前十二時頃）、死におはんぬ。但し火罪明松あぶり也。以前に両人の者に、藤左衛門・儀左衛門幷下石弥二兵衛、段々の様子、申聞候。

同日、甚五左衛門の女房と喜内の母が、正休の上屋敷で処刑された。

八月二十一日、小田原から、甚五左衛門の父改田図書、兄向右衛門と男子らを十九日、死罪に処した旨の報告書が届いた。両名は譜代の小田原藩士であった。

仕置された一族は次のとおりである。

死罪の者の覚

稲葉四良左衛門屋敷にて
一、改田図書　切腹
図書屋敷にて　年八つ
一、改田門兵衛　死罪
同断　年六
一、同　太郎八　死罪
同断　年四
一、同　三之助死罪
右三人、図書末子也。

杉原頼母屋敷にて
一、改田向右衛門　切腹
図書屋敷にて向右衛門子　年十五

一、改田庄九郎　死罪

右の通、十九日に申付くる由、小田原より之《これ》を注進す。

改田図書の女房（甚五左衛門の継母）、娘まつ、改田向右衛門女房、娘なつの四名は助命されている。松永喜内の父は五年前に没し、養姉と妹には咎《とが》めがなかった。

甚五左衛門・喜内両人の間で斬首された長谷川江斎の罪過は、次のようなものであった。

長谷川江斎に申渡候覚

一、安藤甚五左衛門と松永喜内、衆道の使仕り候儀、医者に似合ぬ仕合、不届至極の事。

一、万事、有体に申上ぐべき由、最前、誓詞　仰付られ候処に、右の使いたし候一事、届け申さざる事。

一、美濃守殿より、有様に申し候はば、本人にても、御免之《これ》有るべき由、誓言を御書入れ、御見せ候処に、有《あり》の侭《まま》に申さず、重々不届の事。

右三ケ条の仕合に付、成敗申付候。以上

西鶴の描いた男色三角関係事件

以上が、江戸の武家社会に衝撃を与えた事件の顚末《てんまつ》である。八月晦日《みそか》には、正休に渡した書付以外の関係書類の焼却が命ぜられているので、恐らく『永代日記』が、事件の実際を記録する唯一の資料であろう。

『玉滴隠見』に記す巷説は、多分、別な写本に記された風聞を編纂したものだろうが、事件の概要を、比較的正確に伝えている。残酷な処刑と他殺露見の謎解きが、風聞の核となって噂が肥大したようだ。が、主君の寵童と念者との三角関係のもつれた殺人事件であること、死体の詮議から正吉自害が否定されたこと、犯人が火刑に処せられたことなどは、事実と異ならない。

正則は、事件の問い合せがきた場合の返書の文例まで示して、流言をおさえようとしたが、ほとんど効果があがらなかった。それほど、当時の噂・流言は正確な情報伝達力をもっていたと言えよう。いわば、流言は、事実を伝える現代の新聞や、読者の興味に応じた記事を載せる週刊誌の機能をかねそなえたメディアだったのである。

さて、この事件から約三十年たった貞享四年（一六八七）正月に刊行された、井原西鶴作『男色大鑑《なんしょくおおかがみ》』巻二の二「傘持てもぬるゝ身」は、主従の三角関係をテーマにした次のような話である。長坂主膳の子小輪《こりん》は、雨のなか、貧窮の母の作った唐傘をさすのを惜しみ、その孝心に感銘した大名に仕官する。大名の寵愛が厚いにもかかわらず、「御威勢にしたがふ事、衆道の誠にはあらず。やつがれもおそらくは心を琢き、誰人にても執心を懸《かけ》なば、身に替て念比《ねんごろ》して、浮世のおもひでに、念者を持てかはゆがりて見たし」と、大名と契りを結ぶのを拒否していた。ある夜、古狸の化物を退治して、大名の寵愛が増々深くなった。小輪は、神尾惣八郎という母衣《ほろ》大将の二男と男色関係を結ぶ。煤《すゝ》払いの日、小輪に会うために、大名の寝所の次の間にまで惣八郎が忍んできたことが、「かくし横目」金井新平の申し立てで露見する。怒りに狂った大名に両腕を切り落とされたあげく、小輪は斬死するが、念者の名をあかさない。後日、惣八郎は、敵《かたき》の新平の両腕を切り落とし、小輪の定紋を腹に切り込んで切腹した。

この話が、稲葉伊勢守殺害事件を素材にしたかどうか、確証はない。が、当時の読者にとっても、念者の惣八郎が「かくし横目」を小輪の敵《かたき》として切り殺すという結末は、いささか不自然だったろう。隠横目付《かくしよこめつけ》は、家臣の監視役で、何でも事実を主君に報告することが義務付けられていた。職責に忠実だった新平が小輪の敵《かたき》ではなく、惣八郎が斬るべき相手は大名であったはずである。

主君殺しが、極刑に値する重罪であることは言うまでもない。西鶴は、大名の寵童と念者との三角関係が主君殺しに展開する話を一編も書いていない。が、直接描かれなくても、男色に狂った主君が明らかに敵《かたき》であることが読者にわかる、このような例がいくつかある。

貞享四年四月刊『武道伝来記』巻五の二「吟味は奥嶋《をくじま》の袴《はかま》」は、主君が念者を謀殺した話である。壱岐の島の舟あらため、村芝与十郎と、この国の奉行職の子息糸鹿《いとが》梅之助は、衆道の契りを結んでいたが、若殿から梅之助を寵童として召し出せとの命が下る。梅之助が病気と偽ったところ、かねて彼に横恋慕していた十倉《とくら》新六が、念者の与十郎の事を言上した。若殿は、与十郎を家来にした上、その殺害を命ずる。奥女中の横目付となった与十郎に対して、新六は、その叔母で女中頭の野沢に彼の袴を盗ませ、与十郎と女中との不義の証拠と嘘の証言をさせた。そのため、与十郎は無実でありながら、首をはねられる。これを知った梅之助は、新六を討ち、「およそ此《この》一道におひては、高き賤しき隔《へだて》なく、たとへば、一天の王子も、草露の牧笛を鳴し給ひて、御思ひをはれさせ給ひき。（略）爰《ここ》に、この恋《こひ》しらずありて、謾《みだり》に忠信の者を無実の科《とが》に偽《いつはり》て、殺害す。

よしや人皮畜《にんぴちく》の世界にあそんで、契絶々《ちぎりたへぐ》ならんより（略）いとしとおもふ兄分の敵《かたき》を打て、うきよの夢を覚すものなり」という遺書を残して、切腹した。

この話は、念者が若衆の仇を討った「傘持てもぬるゝ身」とは逆に、若衆が念者の敵《かたき》を討っているが、本当の仇が若殿であると梅之助が考えていたことは、遺書からも読みとれる。西鶴は、若殿への批判を直接書いてはいないが、衆道の義理をわきまえない主君が悪人であると読者にわかるように、この一章を構成している。

主君が、寵童と念者とに恩情をかけた話もある。たとえば『男色大鑑』巻一の三「垣の中《うち》は松楓柳は腰付」、巻三の五「色に見籠《みこむ》は山吹の盛《さかり》」の荒筋《あらすじ》は、次のようなものである。

大隅の浪人の子橘玉之助は、十五歳の時江戸へ奉公に出た。召し抱えられた大名の本国会津で、玉之助は蹴鞠《けまり》の最中、病のため気絶する。彼を慕う笹村千左衛門は、日に三度、半年あまりも見舞に来た上、病平癒《へいゆ》の願状を正八幡に納めた。快癒した玉之助は、千左衛門の気持を知り、衆道の契りを結んだ。この事が露見し、二人は閉門、死を覚悟したが、大名から許される。玉之助が二十五歳になるまで、二人は音信不通を約して主君の恩情にこたえた。（巻一の三）

田川義左衛門は、目黒不動参詣の折、大名の寵童奥川主馬に恋をする。仕官も断り、三年間も大名の国元出雲と江戸との間を、主馬を慕いながら、あとにつき従った。みすぼらしい姿となった義左衛門を、刀の試し切りにすると偽わって屋敷に入れた主馬は、彼の恋情を確かめた上、その思いをしたためた書付を入れた守袋を大名に見せ、自らの手討ちを願い出た。閉門を命じられた主馬は、義左衛門と心置きなく契りをかわした。二十日後、死を覚悟していたところ閉門を許された上、義左衛門を江戸に送れと金子《きんす》までたまわる。義左衛門は、江戸に向かわず大和葛城山近くの里に隠棲し、心静かに暮した。(巻三の五)

以上の二話では、主君の恩情にこたえる形で、念者と寵童とが男色関係を絶ち、三角関係が解消する。

西鶴が描いたように、衆道と君臣間の忠とは、時には衝突し、矛盾を露呈することがあった。主君が恩情から家臣の念契を認めたとしても、この二話のように、家臣が男色関係を放棄するから、話がまるく収まるのであって、「傘持てもぬるゝ身」の小輪のように、「御威勢にしたがふ事、衆道の誠にあらず」と、徹底して衆道の意地を貫いては、君臣間の倫理と対立せざるを得ない。

稲葉伊勢守殺害事件は、いつ起こっても不思議ではない事件だったために、世間の耳目をひいた。西鶴は、意図的に、作中の人物名や場所、時には時代を変えて作品を書くので、作品の素材となった事件を特定できない場合が多い。しかし、参勤交替や商品流通経路の整備にともなって、世間に注目された事件の情報は、全国から江戸や大坂に集中した。そういった流言を素材にして、西鶴の小説は執筆されることも多かったのである。

Ⅲ　出版メディアの成立

写本の時代、版本の時代

よく江戸時代は、印刷された本（版本）の時代だと言われる。営利目的の民間書肆《しょし》が誕生するなど、江戸時代の出版のもつ文化史的意義は大きいのだが、中世に比べ、写本の流通量が減少したわけではない。むしろ、以前よりはるかに多量の写本が、読者に提供された。江戸時代は写本の時代でもあった。

中世に、写本を生産・管理した公家や上級武士層、寺社などから、写本というメディアが開放され、享受者層が拡大した意義は大きい。このことを前提にしなければ、近世の出版文化のもつ特性を理解できない。

たとえば、これから説明する、古活字版とよばれる初期の版本、なかでも漢字仮名まじり文の我国の古典を印刷した嵯峨《さが》本などは、一般に流布した写本とは異なる、中古・中世の美意識の濃厚な写本を意識した本作りがされている。中世以前は写本の時代、近世は版本の時代という図式的理解では、初期の出版文化と写本との関係が、正しく把握できないだろう。

また、中世以前に全く版本がなかったわけではない。八世紀、奈良時代の称徳天皇の勅願で作られた、法隆寺の『百万塔《ひゃくまんとう》陀羅尼《だらに》』に始まる日本の印刷技術の歴史については、本書では述べないが、鎌倉時代の末期から、五山の禅僧たちによって出版された五山版は、宋・元の一枚板（版木）を彫る整版印刷技法を踏襲し、高い技術水準にあった。禅僧の言行録や仏書のほかに、儒学書・詩文集・医学書なども出版されている。

　江戸時代の出版文化は、多量の写本流通と、中世までに培われた高度な整版印刷技術とを土壌にして、花開いたのである。

キリシタン版・朝鮮版と古活字版

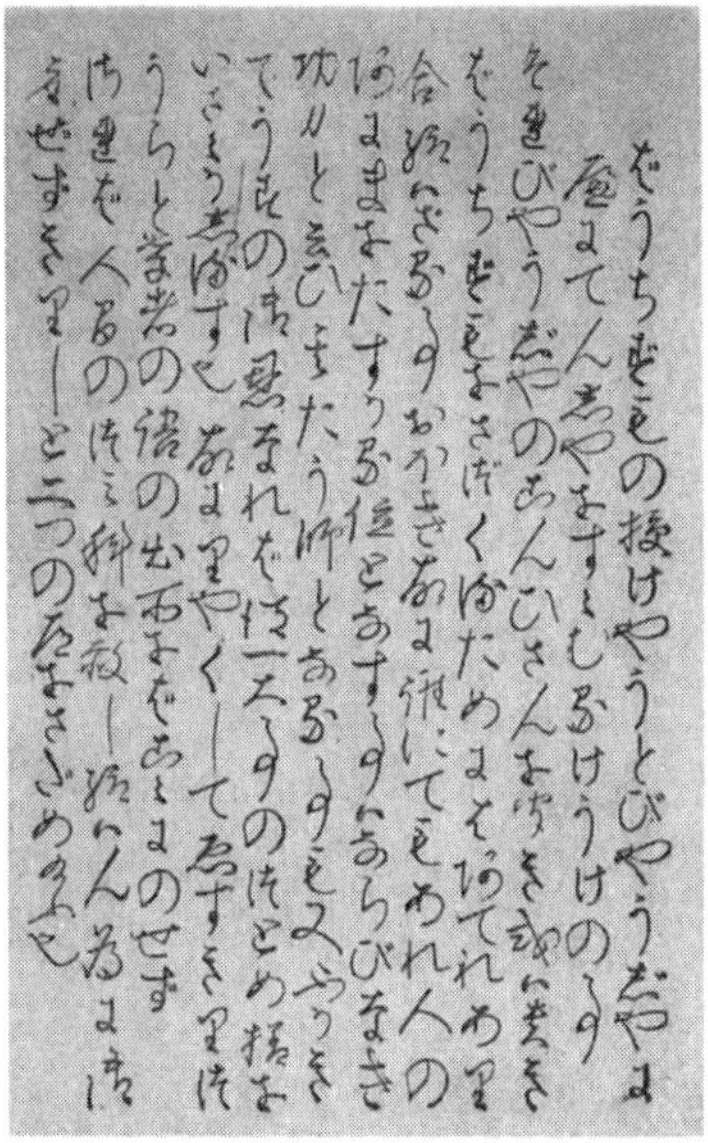

『ばうちずもの授けやう』（天理大学附属天理図書館蔵）

　一五九〇年代（文禄末）に、相ついで新しい印刷技術が渡来した。一つは、イエズス会宣教師アレシャンドロ・ワリニャーノによってもたらされた西洋式活字印刷であり、もう一つは、秀吉の朝鮮侵冠（文禄・慶長の役《えき》）の際、日本に持ち込まれた銅活字印刷である。

　文禄（一五九二〜）から寛永（〜一六四四）にかけての約五十年間、我国でも主として木製活字による印刷（古活字版）

が盛んであった。現存しないが、朝鮮渡来の銅活字で印刷されたという後陽成天皇勅版『古文孝経』をはじめ、同天皇の命で慶長年間に印刷された『錦繍段《きんしゅうだん》』『日本書紀』などの慶長勅版、後水尾天皇勅版の『皇朝類苑』(元和勅版)、徳川家康が三要元佶《さんようげんきつ》に命じて作らせた『孔子家語』『貞観政要』などの伏見版、また駿河で金地院崇伝《こんちいんすうでん》、林羅山《はやしらざん》に開版させた『大蔵一覧集』など日本で鋳造した銅活字を用いた駿河版、これら初期の古活字版は、朝鮮銅活字印刷技術の影響下に成立したと考えられてきた。ところが、最近、我国の印刷技法に影響を与えることなく、幕府の禁教政策下に消滅したとされたキリシタン版と古活字版との印刷技術上の類似が、天理図書館蔵のキリシタン版を詳しく調査した大内田貞郎氏、森上修氏らの研究で明らかになっている。

厚手の楮紙《ちょし》の五つ目綴《とじ》大型本にゆったりと印刷された朝鮮本の美しさは、当時の日本人に新鮮な驚きを与えたに違いないが、キリシタン版と比べて、次のような技法上の相違があった。

(1)活字を並べる植字盤に固着材を敷きつめ、活字を固定させる。

(2)版面の四周の枠(匡郭《きょうかく》)が組み立て式ではなく、固定式である。

(3)バレンなどで版上の紙を摺《す》って印刷する。

銅活字を用いる朝鮮版に対し、キリシタン版では、融点の低い鉛合金を使うので、砂の鋳型(母型)を壊して、活字を取り出す朝鮮式の鋳造方法ではなく、組み立て式の鋳造器を用いて、一定の高さの活字を簡単に製作することができた。したがって、植字盤に底面のたいらな活字を並べるだけで、固着材は使用しないし、匡郭も組み立て式である。また、バレンで摺る摺刷ではなく、版上の紙にプレス機で印圧を加える方法をとった。

朝鮮から印刷機の搬入される数年前、天正十九年（一五九一）に『どちりいな・きりしたん』、文禄二年（一五九三）に『ばうちずもの授けやう』が出版された。キリシタン版の活字には、ローマ字と国字（大型・小型の二種）とがあり、両書には、大型国字の活字が使用された。この活字は木製であるという説もあるが、今では金属活字とみる説の方が有力である。

中世までは筆写本にしか見られなかった漢字平仮名まじり文が、キリシタン版で初めて印刷されたのだから、南蛮趣味と相俟《ま》って、漢字体の印刷物しか目にしたことのない当時の知識人層を驚かせたにちがいない。この大型国字活字は、彫刻した木駒《きごま》を粘土様の塑材で型取りした母型に、鉛合金を流し込んで作成されたらしい▼注①。また、両面刷りの西洋式印刷に対し、両書は、版面の中心に版心部（柱）を置いた片面刷りの紙を、二つ折りするという東洋式の印刷様式が採用された。このように、日本の文化事情、技術水準を配慮しながら、キリシタン版は出版されている。

森上修氏・山口忠男氏は、天理図書館蔵慶長勅版『長恨歌琵琶行』の植字組版技法が、固着材を用いた朝鮮版の技術ではなく、匡郭と木活字を一丁《ちょう》（二頁《ページ》）ごとに組み直す方式であることを、詳細な調査によって立証した▼注②。つまり、我国の古活字版は、キリシタン版の組版技法を採用し、印刷技法については、バレンで摺る伝統的方法をとった和洋折衷方式だったわけである。

桜の一枚板に原稿（版下）を裏返しに貼りつけ、版画のように、彫師の彫った版木に紙をのせ、バレンで摺る整版印刷と異なり、一丁ごとに植字する古活字版は、植字者の恣意性のあらわれやすい、写本の感覚の濃厚な印刷形態だった。発行部数は、せいぜい百部前後である。公家、上層武士、あるいは上層町衆に享受された、校勘した本文を能筆が写した豪華な写本と、恐らく同じ感覚で製作されたのだろう。

このような造本意識が最も顕著なのが、慶長年間（一五九六〜一六一五）後半に、本阿弥光悦《ほんあみこうえつ》らが、京の富豪角倉《すみのくら》素庵の協力を得て、京都嵯峨で出版した嵯峨本（光悦本、角倉本とも言う）である。料紙には、平安時代の貴族の好んだ、胡粉《ごふん》引き（具引き）の厚手の雁皮《がんぴ》紙に、模様を雲母《きら》押しした紙、あるいは淡紅、淡青などを染色した色変わりの料紙を用いた。単字の活字のほか二字から四字の連続活字をも使い、厚手の紙にはその両面に漢字仮名まじり文を印刷し、その多くは日本古来の列帖《れつじょう》装（数枚の料紙を折ったものを糸でくくる綴じ方）で豪華な装丁を施した。嵯峨本の美術的意匠は、古活字版のなかでも群を抜いている。

具引き料紙に両面刷りという嵯峨本の印刷技法は、平安時代の「からかみ」の印刷や春日《かすが》版、高野版の技術を踏襲したものである。[注③] キリシタン版、朝鮮版の舶来の活字印刷技法は、京の町衆の手で、我国の伝統的美意識を加味した別趣の活字印刷に変容した。

『伊勢物語』『方丈記』『撰集抄』『徒然草』『観世流謡本』『伊勢物語肖聞抄《しょうもんしょう》』『源氏小鏡』などの我国の古典や古注を、時には大和絵《やまとえ》風の挿絵を交えて印刷した嵯峨本は、古典の普及に大きな役割を果たした。たとえば、慶長十三年（一六〇八）頃刊『伊勢物語』は、本文校勘に中院通勝《なかのいんみちかつ》があたり、各段に挿絵が付されるが、江戸時代前期に開版された『伊勢物語』のほとんどが、この本文・挿絵を継承した。『伊勢物語』にかぎらず、古活字版は、のちの整版印刷の書籍よりも、校勘を経た優れた本文をもつ場合が多い。室町以前の古写本と、同じような意識で作られたからである。

日本の出版文化史におけるキリシタン版の重要性は、漢字仮名交じり文を初めて印刷したことにある。この点について簡単に述べておきたい。『百万塔陀羅尼』に始まる経典印刷は、中国から渡来した宋版等の影響を受け、春日版・西大寺版・浄土教版・高野版などの多くの寺院版として結実した。これらの印刷物は、本文（経文）を変えないという規範意識と「印仏・摺仏・摺経」によって功徳を得るという宗教意識のもとで生産された。こういう経典印刷意識を変えたのが、中国の印刷意識を持ち込んだ五山版である。前述のように、五山版では経典以外の書物が印刷された。この点が画期的だったのである。

しかし、この段階では印刷されたのは主に楷書体の漢字である。草書体と仮名とを続き字にする日本独特の日常表記を印刷するという発想はまだなかったと言ってもいい。したがって物語や和歌は写本で流布していた。キリシタン版が漢字仮名交じり文を印刷できたのは、漢字は印刷、日常表記は写本という、一種のヒエラルキー意識とは無縁だったからであろう。連続活字で草書・仮名表記を印刷するという技法は、写本感覚を残した嵯峨本や慶長初期の古活字本にも踏襲され、漢字仮名交じり文印刷のルーツとなった。キリシタン版から嵯峨本、さらに、その覆刻版が江戸時代初期の整版印刷へ与えた影響は多大である。印刷技法上の影響はもとより、日本人の出版意識を変えた点で、キリシタン版は評価されるべきであろう。

注①▼山口忠男氏「初期キリシタン版の国字大字本について―『ばうちずもの授けやう』の印刷面を中心として―」（『ビブリア』98　一九九二・五）

注②▼森上修・山口忠男氏「慶長勅版『長恨歌琵琶行』について（上）―慶長勅版の植字組版技法を中心として―」（「ビブリア」95　一九九〇・一一）
注③▼大内田貞郎氏「『古活字版』のルーツについて」（「ビブリア」98　一九九二・五）

整版印刷と書肆

約五十年間盛んだった古活字版も、寛永期（一六二四～一六四四）頃から衰退し、整版印刷に移行する。一枚板の版木を用いる整版印刷の方が、古活字版より、訓点や振り仮名、挿絵を印刷しやすかったからだと説明される場合が多い。たしかに、古活字版はあまり複雑な版面は作れないが、これらの点は、技術的にはそれほど問題ではなかった。前項で述べたように、植字盤に一定の高さの木活字を自由に組み立てる方式を採る我国の古活字版は、手間はかかるが、行間や字間に込め物を入れて、小活字や挿絵を版に組み込むこともできたからである。

振り仮名や訓点等の小活字を版に組んだ古活字版は、附訓植版と呼ばれる。たとえば、林羅山の故事要言集『巵言抄《しげんしょう》』の刊本には、次の四種がある。▼注①

1　元和（一六一五～一六二四）頃古活字版（附訓植版）
2　寛永（一六二四～一六四四）頃覆刻整版A種
3　同B種

4　慶安二年（一六四九）版

諸本を調査した渡辺守邦氏の論考によって、1の古活字版の概要を述べると、漢文体の要言は、半丁（一頁）ごとに大字（一行十六字前後）八行に組まれ、振り仮名・送り仮名・たて点・返り点が付される。さらに、漢字片仮名まじり文の小字の注解が、半丁につき、十七行（一行二十三字前後）の割合で添えられる。このように、この古活字版では、大字・小字・ルビの三種の活字を併用し、手のこんだ植字が行われている。

2、3は、古活字版の版面を薄様の用紙に写しなおしたものを版下にして、整版印刷したものである。今で言うと複製本だが、覆刻、あるいはかぶせ彫りと呼ばれる。3の覆刻整版B種は、A種に比べ、古活字版の誤植・誤字を改め、濁点・句読点を加えている。4の慶安二年版は、整版B種に基づいて、版式を変えた、刊記の記された整版本である。

『巵言抄』の例のように、寛永期以降、一種類の古活字版を覆刻した整版が、数種類も重版される場合が多くなる。また古活字版の丁（頁）と整版の丁とを取り合わせた「乱《みだ》れ版」と称する版も、この頃に出現する。

読者人口の増大による需要に、古活字版の印刷部数では応じきれなくなった結果であるが、言い換えれば、一刷に約三百部の発行ができ、熱をもった版木を蔵で冷まし、保存を完璧にさえすれば、また同じ書物を供給できる整版印刷の版木そのものが、商品価値をもつようになったということであろう。

古活字版が寛永期に整版に変わる最大の理由は、この時期に、版木が書肆（本屋）の間で売買されるようになったからである。整版印刷は、出版資本の形成をうながした。

元禄十五年（一七〇二）刊『元禄大平記』には、京都書肆について次のような記述が載る。


京都の本屋七十二間《けん》は、中古よりさだまりたる歴々《れき〳〵》の書林、孔門《こうもん》七十二賢《けん》にかたどり、其中《そのなか》に、林・村上・野田・山本・八尾《やを》・風月《ふうげつ》・秋田・上村・中野・武村、此《この》十間《けん》を十哲と名付て、もつはら世上にかくれなく、いづれもすぐれし人々なり。


名前のあがっている十軒の本屋は、「中古よりさだまりたる」と記述されているが、慶長十九年（一六一四）に『遍照発揮性霊集《へんじょうほっきしょうりょうしゅう》』を刊行した中野市右衛門道伴をはじめ、いずれも寛永頃までには営業を開始していた書肆である。寛文九年（一六六九）に「法華宗門書堂」の名で、日蓮宗学書四十三点、天台学書その他六十点もの書物を一挙に刊行した武村市兵衛・山本平左衛門・八尾甚四郎・村上勘兵衛の四書肆のように、寛永頃までに創業した京都の老舗《しにせ》の本屋は、寺院などの伝統的文化層と結びついて営業を拡大する場合が多い。

古活字版から整版に移行する寛永期を民間書肆誕生の時期とするなら、京都の本屋創業のもう一つのピークをなす時期は、寛文期（一六六一〜一六七三）であった。たとえば、元禄九年（一六九六）に没した西村未達という俳諧師の本業は、寛文末〜延宝初頃創業の西村市郎右衛門と称する本屋である。

元禄九年刊『増益書籍目録』に載る、この西村の出版書は、「儒書」二十点、「医書」十四点、「仮名書」二十四点、「仏書」六点、「好色本」十四点に及ぶが、仏書が著しく少なく（七十八点のうち六点）、解説書・啓蒙書・好色本の発行点数が際立っている。『元禄大平記』には、京都の本屋が、大坂の本屋にむかって「当世は、たゞかたひ書物をとり置《をい》て、あきなひの勝手には、好色本《かうしょくぼん》か重宝記《てうほうき》の類《たぐひ》が増《まし》じゃ」と言う場面が描かれる。仏書などを中心に、寛永以来半世紀近い出版活動によって、一定の購買層を確保していた老舗の本屋と異なり、西村市郎右衛門は、このような新しい購買傾向に見合った本を出版した。

整版印刷が一般化し、版木が商品価値をもつようになるにつれ、現代の出版メディアと同じ問題――出版権（板株）、資本提携（相合版《あいあいはん》）、流通ルート（売捌元《うりさばきもと》）等々の問題が生じてくる。西村市郎右衛門（未達）と同時期に、俳諧師、流行作家として活躍した西鶴の文学を語るには、こうした当時の出版メディアを視野に入れることが不可欠である。

注①▼渡辺守邦氏「卮言抄解題―大妻女子大学蔵元和古活字版を中心に―」（「大妻国文」16　一九八五・三）

挿絵のメディア

前項で述べたような整版印刷の時代に入ると、絵入本や古典・漢籍などの注釈書類（抄物《しょうもの》）の刊行が急増する。西鶴や芭蕉が二、三十代だった寛文・延宝期には、これらの版本が多量に流布し、彼らの教養の源となった。いわば、古写本の『源氏物語』や『細流抄』『孟津抄《もうしん》』『河海抄《かかい》』『花鳥余情』『弄花抄《ろうかしょう》』『明星抄』などの古注釈書を入手するよりは、北村季吟《きたむらきぎん》がこれらの諸書を、頭注や傍注に引

図Ａ　『好色一代男』（旧赤木文庫蔵）より

図Ｂ　嵯峨本『伊勢物語』（早稲田大学図書館蔵）より

用した版本の『湖月抄』で『源氏物語』を読む方が、はるかに容易な時代となったのである。

　肉筆の絵巻物類と異なり、版本では、量産された同一の挿絵を、多くの読者が鑑賞する。そのため、誰もが知っている絵は、古典や謡曲の詞章が本文に引用されるのと同じように、挿絵の趣向に利用された。

　現代の小説、特に新聞や週刊誌の連載小説では、挿絵を付すのが一般的である。西鶴の浮世草子にも、西鶴自ら描いた挿絵や、吉田半兵衛・蒔絵師《まきえし》源三郎というプロの絵師が描いたと推定される半丁か見開きの挿絵が、各章ごとに添えられた。当時の読者には、現代風俗を描いた絵を楽しむことも、浮世草子を享受する際、大きな目的となっていた。

　図Ａは、西鶴『好色一代男』巻二の四「誓紙のうるし判」の挿絵である。奈良でさらし布を仕入れて北国へ売る商売を学びに来た世之介が、南都の廓《くるわ》、木辻町・鳴川で、大坂の知り合いの遊女と遊ぶというのが、この章の荒筋《あらすじ》だが、挿絵は、春日野の野懸《のがけ》遊びの様子を描いている。本文は「商売の道をしらではと、春日《かすが》の里に、秤目《はかりめ》しるよしして」と、『伊勢物語』初段「むかしおとこうゐかうぶりして、ならの京かすがの里にしるよしして、かりにいにけり」をパロディにする。

図Bは嵯峨本『伊勢物語』の挿絵である。40ページでふれたが、慶長十三年（一六〇八）頃刊行された本書の絵は、近世のほとんどの『伊勢物語』の挿絵に継承された。『好色一代男』刊行の天和二年（一六八二）までに、嵯峨本の覆刻のほか、寛永六年、同二十年、正保二年、同五年、承応二年、同三年、明暦元年、万治二年、同三年、寛文二年、同七年、同九年、同十年と繰り返し出版された『伊勢物語』が、皆ほとんど同じ構図の挿絵をもつのであるから、西鶴と読者にとっては、本文と同じように、挿絵も周知の知識であった。

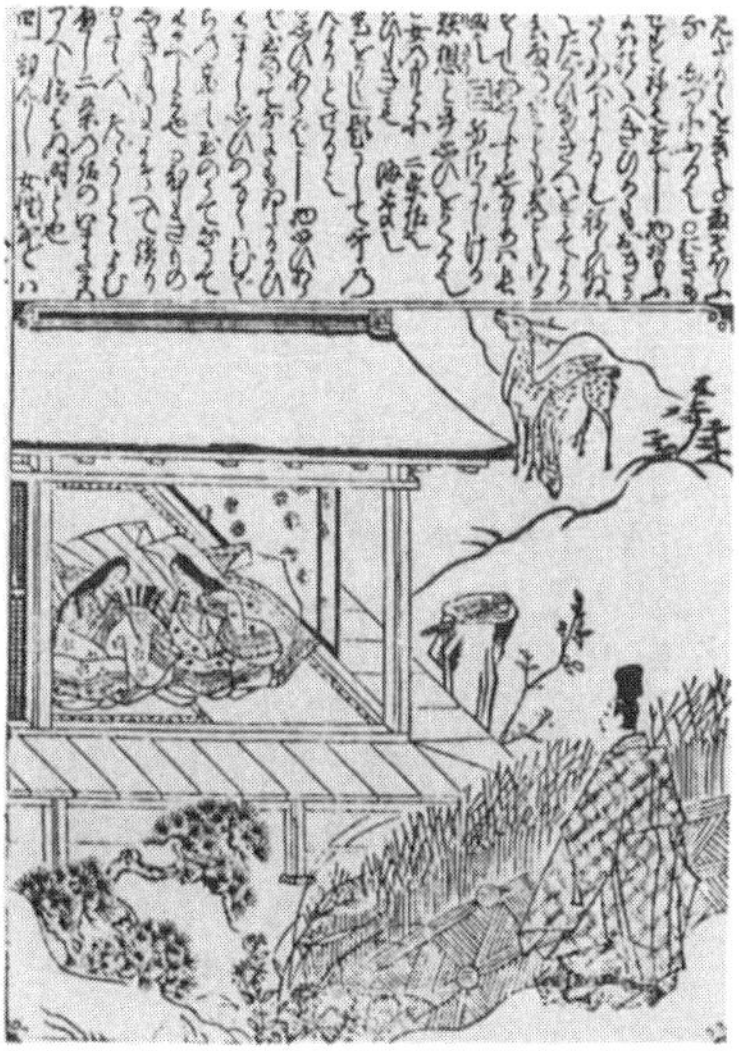

図C　貞享二年刊『頭書伊勢物語』（早稲田大学図書館蔵）より

図Cは、吉田定吉（半兵衛）の描く挿絵だが、やはり嵯峨本の図柄を踏襲する。この貞享二年（一六八五）版は、延宝七年（一六七九）に江戸で刊行された菱川吉兵衛（師宣《もろのぶ》）画の『頭書伊勢物語』を元にして作られたものである。さらに、この延宝七年版は、坂内山雲子直頼《さかうちさんうんしなおより》の著わした延宝二年（一六七四）刊の京都版『頭書伊勢物語抄』の重版であった。このような上方・江戸間の重版によって、

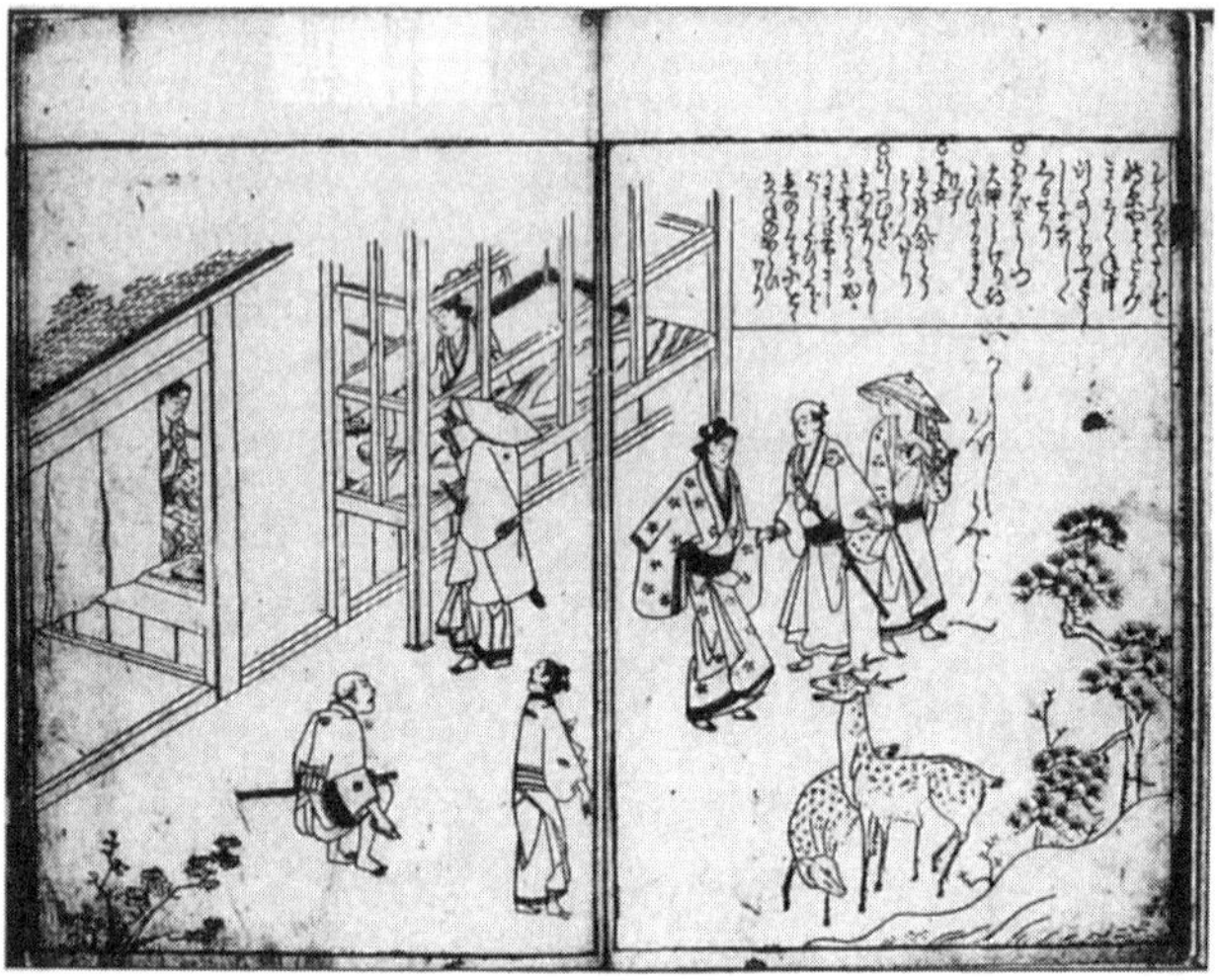

図Ｄ　貞享三年刊『好色伊勢物語』（国会図書館蔵）より

絵師や画風の違いこそあれ、上方でも江戸でも、ほとんど同一の挿絵が享受された。

延宝二、同七、貞享二年と繰り返し刊行された頭注型式の『伊勢物語』のスタイルそのものをもじったのが、**図D**の、貞享三年（一六八六）刊『好色伊勢物語』である。本書は、『伊勢物語』の本文全部を「むかし好色男、せんしやうぶりして、ならの京、木《き》辻《つじ》のさとにうるよししりて、かいにゐにけり」のようにパロディにした上、「好色　是《これ》色道の惣名、一代二代三代男のたぐひ、うかれ人なり」「木辻　ならの遊女丁」などと、当時の風俗を説明した頭注を加えた。

以上の図ABCDの挿絵を見比べると、『好色一代男』と『好色伊勢物語』は、二頭の鹿を画くことで、『伊勢物語』との関連を強調していることがわかる。雌雄の鹿が、『伊勢物語』初段を示す、いわばキーワードのような役割を果たしているわけだ。

もちろん、鹿は『伊勢物語』本文に登場しないから、

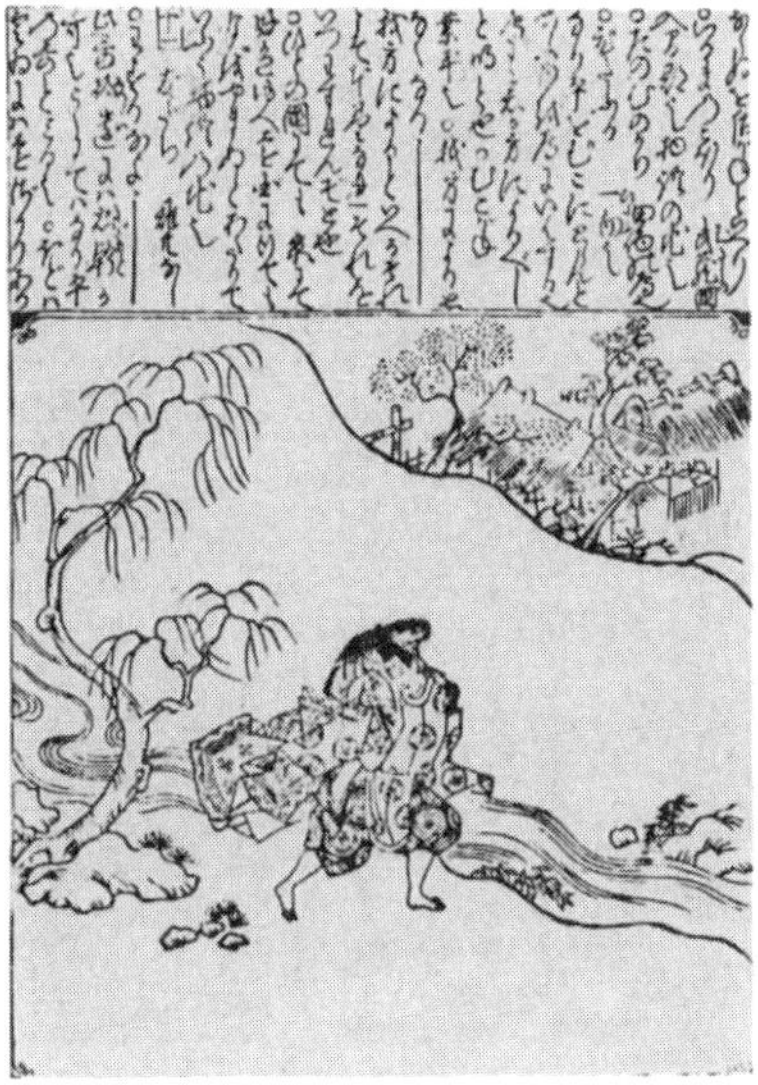

図F 貞享二年刊『頭書伊勢物語』（早稲田大学図書館蔵）より

図E 嵯峨本『伊勢物語』（早稲田大学図書館蔵）より

図H『好色三代男』（天理大学附属天理図書館蔵）より

図G 貞享三年刊『好色伊勢物語』（国会図書館蔵）より

この図柄は、嵯峨本以来の挿絵が、当時の読者に本文と同じレベルで享受されたことを前提にした挿絵の趣向であった。

もう一例あげる。**図E**は嵯峨本『伊勢物語』、**図F**は『頭書伊勢物語』の六段「芥河《あくたがは》」の挿絵である。**図G**『好色伊勢物語』の挿絵は、男女を当世風に描くが、初段の場合と同じように、基本的構図は嵯峨本以来の挿絵を踏襲している。

ところで、『好色伊勢物語』と同じ貞享三年に刊行された『好色三代男』巻二の六「恋は深し涼床《すずみどこ》」**(図H)**にも、図EFGと似た図柄の、女を背負う男の挿絵がみられる。この章は、京都四条河原の涼床で、十七歳ほどの美しい娘を背負って床に渡そうとした男の話である。本文には『伊勢物語』をもじった文章がみられないものの、賀茂川を芥川に見立てたところに、この短編の趣向があると解釈すべきであろう。

前述のように、日本の古典に大和絵風の挿絵を付した版本は、嵯峨本『伊勢物語』が最初である。それ以前にも、仏書に絵を添える例は、たとえば「皇和文禄三年甲午七月　沙門得仙加図板之」の刊記をもつ『仏説地蔵菩薩発心因縁十王経』のように、ないわけではないのだが、画風からみても、文学作品を印刷した版本の挿絵のルーツは、嵯峨本にあった。以降、寛永から万治（一六二四〜一六六一）にかけて流行した、丹・緑の淡彩で整版の挿絵に筆彩色した「丹緑本《たんろくぼん》」や、仮名草子の絵入本を経て、西鶴の活躍する元禄期の浮世草子には、挿絵がないものは稀にさえなった。

濃彩の絵に文章を添えた奈良絵本の類を除いて、一般に、写本には絵を付すことが少ない。印刷された江戸時代小説と挿絵との関係は、挿絵を付さない時もある現代小説の場合よりも、ずっと密接度が高い。ちょうど、十九世紀まで書物の独占していた「文学」概念が、現代では映像や漫画、イラスト等にまで拡散したのと同じような軌跡を描きながら、写本から古活字版・整版印刷へと、メディアの商品化が進むにつれ、文学に対する絵の比重が高まったのであった。

京・西村市郎右衛門と江戸・西村半兵衛の出版活動

西鶴没後の浮世草子作者「都《みやこ》の錦《にしき》」は、『元禄大平記』の巻一「近代作者のよしあし」で、「いでや都に好色文《かうしよくぶみ》の達人、西村市郎右衛門、筆を振ふて西鶴を消といへど、これまた学問に疎《うと》ければ、そのあやまりなきにしもあらず」と、44・45ページで述べた書肆西村市郎右衛門について述べている。

当時の本屋は、出版だけに専念したのではなく、俳諧師や仮名草子・浮世草子作者として活躍したり、なかには儒者として著名な者もいた。書肆西村市郎右衛門は、前述のように俳諧師でもあるが、小説も執筆している。彼が書いたか、企画したと思われる小説類を「西村本」と呼ぶ。「西村本」は西鶴に対抗した初めての小説となった。

ちなみに、元禄九年（一六九六）河内屋利兵衛刊『増益書籍目録』の「好色本」の項から、刊年を補って「西村本」をリストアップする。書籍目録に、西村刊行との記載がなくても、現存する本の刊記から「西村本」と確認できる本は、リストに加えた。

好色三代男　銀三匁　五冊（貞享三）
好色おとこ　銀一匁五分　二冊（天和四）
好色京紅　銀二匁　四冊（元禄二）

好色八人芸　銀二匁三分　三冊
好色注能毒　銀二匁三分　三冊（元禄元）
好色日用食性　銀二匁五分　五冊（元禄二・三ごろ）
好色かんたんの枕　銀三匁　五冊（元禄四）
好色たから船　銀二匁　四冊（元禄四）
好色心中女　銀二匁五分　五冊（貞享三）
好色ひいなかた　銀二匁　四冊（元禄三）
好色にしき木　銀三匁　五冊（元禄五、版元を「いつみや八〈和泉屋八左衛門〉」と記す）
好色祝言そろへ　銀三匁　六冊（元禄三、版元の記載は右に同じ）
好色伊勢物語　値段付なし　四冊（貞享三、版元は「永田調〈永田調兵衛〉」と記す）
好色はつ時雨　値段付なし　二冊（刊年未詳、版元を「江戸」と記す。宝永三年刊書籍目録では「西村一〈市郎右衛門〉」と記載される

このうち、元禄年間刊行のもので、端本《はほん》にしろ、とにかく原本を見ることができたのは、『好色日用食性』▼注①『好色かんたんの枕』『色道たから船（好色たから船）』『好色ひいなかた』『好色咄浮世祝言揃（好色祝言そろへ）』▼注②、書籍日録には未記載の元禄六年刊『好色春の明ぼの』の六部にすぎないが、いずれも、美濃判を半折した当時の浮世草子より一まわり小さい半紙本で、内容は猥雑である。大槻笹舟氏『艶色京紅』に紹介される『好色咄浮世祝言揃』巻四・五・六の目録を記すと「巻の四㊀心解けたる君の前帯／付り裏家に恋よ居間の仕合　㊁物が見えたる独寝の蚊帳／付り大豆つき初し下女が仕

合　巻の五㈠音さへゆかし君が鉄槌／付《つけたり》合すればあふ乳母が仕合　㈡情は重し敷金の箱／付《つけたり》恋ははなれぬ腰元の仕合　巻の六　図絵の巻／付《つけたり》昔男の秘伝色道聞書」であるから、その卑猥な内容は容易に想像できるだろう。

元禄年間刊行の好色本は、同じ「好色本」の項に分類されてはいるが、貞享年間（一六八四〜一六八八）に出版された「西村本」、『好色三代男』『諸国心中女』『好色伊勢物語』のような西鶴の影響の強い作品とは異なった内容をもつ。また詳しくは後述するが、俳諧理念に基づく笑いのあふれた西鶴の好色本と、同一に扱えるものではない。これらの半紙本型好色本は、上方から江戸に下され売られたものと推測される。

好色本の流行は、西鶴から始まったのだが、西村市郎右衛門の出版した元禄年間の好色本のように、本屋の主導のもとで、利潤追求のためにだけ出版したとしか思われないような本も出現するようになった。

西鶴は、歴史の浅い大坂出版資本のもとで活躍した。西村は、京都の老舗の大本屋と異なって、寛文末から延宝初頃創業した新興本屋であるために、大坂書肆と西鶴との獲得した購買層を意識し、「好色文の達人」「西鶴を消《けす》」と評された利潤本位の出版活動を行ったのだ。

西村市郎右衛門の出版傾向を把握するために、元禄末年までに刊行されている現存本で、版元の確認できる出版書を、小説・俳書・実用書類に分類して、年次順に一覧表にする。書名を（　）でくくるのは、刊年が推定によるものである。

初代西村市郎右衛門の没年は、京都市円山公園市立音楽堂裏の大雲院過去帳に、「元禄九丙子　九

月三日　遍誉道照信士」と記載される。したがって、元禄十年以降の刊行書は、二代目市郎右衛門の開版した書物である。

京都の西村刊行書を江戸で販売した書肆が西村半兵衛である。この本屋は、西村の江戸売捌元《うりさばきもと》（上方の下《くだ》し本を江戸で売る店）というだけでなく、独自の出版も行っているので、刊行書の一覧表を次にのせた。〈　〉でくくった本は、西村市郎右衛門以外の上方書肆と提携（相合版）したものである。

西村市郎右衛門の出版書では、延宝二・三年（一六七四・五）頃刊行と推定される『増続書籍目録』が最も早い刊行物のようだが、刊年の明らかなものでは、『源氏物語』明石の巻をふまえた恋愛譚と教訓を述べる、延宝三年刊小亀益英《こがめえきえい》作『女五経』の開版が最初となる。花道書、料理書、伝記をはじめ、坂内直頼《さかうちなおより》や度会延佳《わたらいのぶよし》の神道書、岡本為竹《おかもといちく》の医書など、約五十部の書物が出版されている。

俳書で特徴的なのは、京都俳人を中心に編まれた『三月物』、嵐雪《らんせつ》編『其袋《そのふくろ》』を除き芭蕉門下の其角《きかく》系の俳書が多く刊行されていることだ。とくに『馬蹄二百句』『蛙合』『花摘』を、西村半兵衛が単独で開版していることは、上方と接点をもった江戸書肆の出版として注目すべきである。

小説では、貞享三年（一六八六）に刊行された「西村本」――『好色三代男』『諸国心中女』『浅草拾遺物語』『好色伊勢物語』（この本は永田長兵衛・西村半兵衛から出版されたが、「西村本」に含める）が、西鶴作品の影響を受けて成立した。なかでも、作者名を伏せ、いかにも西鶴作かのように装った『好色三代男』は、西鶴の文体を意識的に模倣した最初の浮世草子である。

ところで、西鶴が活躍の舞台とした大坂は、元和五年（一六一九）にこの地を直轄した幕府の手で、江戸堀・京町堀・阿波座堀・立売堀等の運河の開削《かいさく》や、大坂城の再築、伏見町人の移住などの都市整

西村市郎右衛門刊行書年表

刊行年	小説	俳書	その他
延宝 2・3			（増続書籍目録）
延宝 3	女五経		
天和 2	新撰咄揃	（俳諧関相撲）	
天和 3	小夜衣 新御伽婢子	みなし栗	古今立花大全
天和 4	古今好色男		書翰初学妙 抛入花伝書 新刊十四経絡発揮
貞享 2	宗祇諸国物語		灸法口訣指南 抄広益書籍目録
貞享 3	諸国心中女 好色三代男 （浅草拾遺物語）	新山家 丙寅紀行	杜律集解
貞享 4	御伽比丘尼 新竹斎 山路の露	三月物	
貞享 5	（好色注能毒）		一言芳談句解 立花指南
元禄 2	（好色京くれなゐ） （好色日用食性）		標註増補一言芳談鈔 合類日用料理抄
元禄 3	好色ひゐなかた 好色咄浮世祝言揃	新三百韻	臓腑経絡詳解 本朝儒宗伝
元禄 4	好色かんたんの枕 色道たから船	俳諧初学祇園拾遺物語	
元禄 5	諸国新百物かたり （好色錦木）	俳諧小からかさ	広益書籍目録大全 本絵ひいなかた
元禄 6	好色春の明ぼの		二所皇太神遷幸要略
元禄 8	玉くしげ		万病回春病因指南 神事供奉記 日本書紀神代巻 李士材三書 文法授幼抄
元禄 9			格致余論諺解 伊勢二所皇太神宮遷宮次第記
元禄 12		皮籠摺	六十味薬性記弁解
元禄 13			医学三蔵弁解
元禄 15			神事随筆

西村半兵衛刊行書年表

刊行年	小説	俳書	その他
天和2			増補陰陽新撰八卦抄
天和3		馬蹄二百句	和歌雲井の桜 詩法枝葉訓解
大和4	〈花の名残〉		〈地蔵菩薩霊験記〉
貞享2			本朝諸社一覧
貞享3	〈好色伊勢物語〉	蛙合	
貞享5	〈二休咄〉 〈日本永代蔵〉		〈女百人一首〉 〈連歌至要抄〉
元禄3		花摘 其袋	
元禄4	〈北条時頼記〉		

備がすすめられた。元禄期には人口約四十万人を擁し、各藩蔵屋敷の建ち並んだ、京都をしのぐ大商工業都市となった。

しかし、出版業の面では、寛永期に約百軒の本屋を確認できる京都に比べて、どういうわけか、著しく発展が遅れている。大坂出版の最古の書物は、寛文十一年（一六七一）正月、近江屋次郎右衛門から出た俳書『蛙井集《あせいしゅう》』、同十二年七月に、京都の山本七郎兵衛と相合版で、深江屋太郎兵衛の刊行した俳書『落花集《らっかしゅう》』だとされる。近江屋は京都の本屋である可能性も残るので、結局、確実なものとしては、寛文十三年六月に、大坂阿波座堀の板本《はんもと》安兵衛という本屋が開版した、西鶴最初の俳諧撰集『生玉万句《いくたままんく》』が、大坂書肆の単独版では最初の出版物である。京都の西村市郎右衛門が創業したちょうどその頃に、大坂では本屋が出始めたことになる。

江戸の本屋の創業は、大坂より古い。貞享（〜一六八四）頃までの江戸版（江戸で開版された書物）は、上方版の本文や挿絵の版下を書き換え、用紙や題簽《だいせん》など江戸独特の装幀で出版されることが多かった。上方版の覆刻（かぶせ彫り）ではないが、一種の重版を開版することが、初期の江戸書肆の営業方針だったのだが、明暦〜万治（一六五五〜一六六一）頃には、民間書肆がすでに誕生していた。

したがって、大坂出版資本は、京都に比べて五十年以上、江戸には約二十年も遅れて、形成されたことになる。西鶴と出版メディアの問題は、京都という、大小の書肆の林立する出版先進地域に隣接した大坂本屋の特殊性を視野に置いて論じられなければならない。創成期にあった大坂出版メディアと西鶴の結びつきは、メディア成立直後の諸問題をはらみながら、一方では、西村市郎右衛門のような京都の新興本屋との競合関係のなかで、展開したのであった。

注①▼中嶋隆編『好色日用食性』（太平書屋二〇一一）に、影印・翻刻。

注②▼中嶋隆編『浮世祝言揃』（太平書屋二〇一〇）に、影印・翻刻。

第一章　俳諧師西鶴の出発

『哥仙大坂俳諧師（俳諧歌仙画図）』初撰本の西鶴像。句は「長持に春ぞくれ行更衣」。（島根県立図書館郷土資料室山口文庫蔵）

Ⅰ　西鶴の生きた時代

西鶴出自の謎

西鶴は寛永十九年（一六四二）に誕生した。が、本名・家系など、出自に関する詳しいことは明らかではない。現在、西鶴の伝記資料は、二点知られるにすぎない。

一点は、京都堀川の古義堂を主催した儒者伊藤仁斎《じんさい》の次子梅宇《ばいう》が、兄東涯《とうがい》からの伝聞を記録した『見聞談叢《けんもんだんそう》』である。

　貞享元禄ノ比《ころ》、摂ノ大坂津ニ、平山藤五ト云フ町人アリ。有徳《うとく》ナルモノナレルガ、妻モハヤク死シ、一女アレドモ盲目、ソレモ死セリ。名跡ヲ手代ニユヅリテ、僧ニモナラズ、世間ヲ自由ニクラシ、行脚同事ニテ頭陀《づだ》ヲカケ、半年程諸方ヲ巡リテハ宿へ帰リ、甚《はなはだ》誹諧ヲコノミテ、一晶ヲシタヒ、後ニハ流義モ自己ノ流義ニナリ、名ヲ西鶴トアラタメ、永代蔵、又《また》ハ西ノ海、又ハ世上四民雛形ナド云《い》フ書ヲ作レルモノナリ。

この記事は、享保十五年（一七三〇）頃の聞書《ききがき》と推定される。ただし、西鶴が芳賀一晶《はがいっしょう》に師事し、『西の海』『世上四民雛形』の著作があると記すのには、確証がない。

もう一点は、西鶴と同時期に大坂俳壇で活躍した鯛屋貞因の次子紀海音《きのかいおん》が、元文元年（一七三六）前後に門人貞堂に伝えた『住吉秘伝巻』にのる逸話である。

西鶴　若年の比《ころ》、大坂上町足皮屋《たび》に奉公して、銀二十五匁引負《ひきおひ》、欠落《かけおち》す。書残す歌一首
　爰《ここ》もたび又行先もたびなればいづくのあしか我を待らん
此歌に、親方も哀がりて、呼戻し、ゆるしたりとなん。其《その》後はいかいの名人となり、天下に名誉をあらはし、住吉にて、一日に二万三千の大矢数を奉納、五十二歳にて死す。

両資料とも、西鶴が死んで三十年以上たってからの聞書ではあるが、西鶴を大坂の町人とする点では一致している。ただ、何を商い、どの程度の商人かとなると、『見聞談叢』は「有徳《うとく》（金持）ナルモノ」とだけ記し、『住吉秘伝巻』では直接述べないものの、逸話からはそれほど裕福な商人と言えないような印象を受ける。

また、西鶴の本名を「平山藤五」と伝える記録は今のところ『見聞談叢』だけなので、この本名も誤伝の可能性がある。

平山家は、伏見から大坂に移住した刀剣関係の商売を家業とし、井原は母方の姓かと野間光辰氏は推測しているが、▼注①この説は、西鶴の祖父・父が代々大坂鑓屋《やりや》町に住んだことを前提にした仮説である。他にも、紀州伊原氏を祖とするという説や、林基氏の、紀州家蔵屋敷名代の江戸買物問屋日野屋庄左衛門が西鶴だという説も発表されている。▼注②しかし、いずれも、直接西鶴の家系等を記す資料に基づい

たわけではなく、推測の域を出ていない。したがって、西鶴が寛永十九年に大坂で生まれたということだけが確実なのだが、この事実は、西鶴文学の本質を考える上で重要な意味をもつ。なぜなら、大坂の復興期に西鶴が誕生し、経済発展期の大坂で二十代を過ごしたという彼の経歴は、その俳諧師としての出発と切り離せないと思うからだ。

注①▼野間光辰氏『補刪西鶴年譜考證』（中央公論社一九八三）
注②▼林基氏「西鶴出自研究史の最後の言葉——野間光辰『補刪西鶴年譜考證』——」（『西鶴新展望』勉誠社一九九三）

寛文期の西鶴と大坂

元和元年（一六一五）の大坂夏の陣による破壊のあと、前述のように、元和五年に、大坂が幕府天領となり、翌六年から大坂城の再築と、新堀河の開削《かいさく》や町割りなどの都市基盤の整備がすすんだ。また、寛永十四・十五年（一六三七・三八）の島原の乱を最後に、二百年にわたって繰り返された戦乱が絶えた。寛永十九年生まれの西鶴は、全く戦争を体験したことのない、ちょうど戦後の高度経済成長期に青春時代をおくった団塊の世代に似た、大坂の新しい世代に属した。

延宝九年（一六八一）刊『大矢数《おおやかず》』巻四自跋に「予、俳諧正風初道に入て二十五年」と記すので、逆算すれば、明暦二年（一六五六）、十五歳の頃から、西鶴は俳諧を志したことになる。誰に師事したのかはっきりしないが、元服前後の時期に、当時の商人が必須の教養とした謡曲や俳諧を、他の商人と同じように学びはじめたのであろう。恐らく、商売の合間に俳諧をたしなむ程度の事が、十代の彼に許されたわずかな文学活動ではなかったろうか。

六年後の寛文二年（一六六二）に、二十一歳の西鶴は、俳諧点者（俳諧に点をつけ、指導する俳諧師）になったと推定される。『俳諧石車《はいかいいしぐるま》』（元禄四年八月刊）巻四で、自ら「西鵬（西鶴の別号）詞に、俳諧程の事なれども、我三十年点をいたせしに、今に毎日の巻々覚束《おぼつか》なき事のみ」と書いているからである。

野間光辰氏編『西鶴年譜考證』の刊行以来、今述べたように、西鶴が明暦二年頃から俳諧を始め、寛文二年には点者となったと、どの年譜にも書かれるようになったが、逆算の根拠となる文章を記した俳書の性格を考えれば、これも疑えないこともない。

『大矢数』は、延宝八年（一六八〇）五月七・八日、三十九歳の血気盛りの西鶴が、大坂生玉《いくたま》社で、一日一夜に四千句を独吟した折の記録である。『俳諧石車』は、前年に出た『俳諧物見車』で加賀田《かがた》可休《きゅう》が加えた西鶴への誹謗《ひぼう》に自ら反論した書である。得意絶頂の最中に書かれた「俳諧正風初道に入て二十五年」と、反論のために俳歴を誇張したかもしれない「我三十年点をいたせしに」の、二十五年・三十年という数字は、それほど厳密なものと考えられないのではないだろうか。

西鶴の発句の初出は、寛文六年（一六六六）刊、西村長愛子撰『遠近集《おちこち》』に入集する三句である。

この時、西鶴は鶴永と号している。

　　餝縄《かざりなわ》や内外二重御代の松
　　心爰になきか鳴ぬか時鳥《ほととぎす》

彦星やげにも今夜は七ひかり

当時流行した貞門俳諧の言語遊戯的俳風から抜きん出るような非凡さが、この発句からは感じられない。西鶴が西山宗因の新風、談林俳諧の旗手として、自己宣伝につとめた『生玉《いくたま》万句』の刊行される寛文十三年（一六七三）、三十二歳までに、俳諧撰集に入集した句は、わずかにあと一句知られるだけである。

長持へ春ぞ暮行《くれいく》更衣《ころもがへ》（寛文十一年刊『落花集』）

このような入集状況から判断すると、鶴永以外の俳号を名乗っていたとでもしないかぎり、寛文二年から、西鶴が職業的点者になっていたとは、考えられないであろう。

しかし、繰り返すが、西鶴が多感な十代後半、二十代を、寛文期の大坂で俳諧の修練を積みながら過ごしたことは確実である。

寛文・延宝期は、北陸と大坂とを下関経由で結ぶ西廻り航路の開発や、問屋制や手形制度などの流通機構の整備によって、大坂商業圏の確立した時期であった。商品の流通が、情報の流通を必然的にともなうことは、現代とかわらない。大坂商業圏の確立は、参勤交替によって全国規模の情報ネットワークの中心地だった江戸とは別に、大坂中心の情報網が形成されたということでもある。

『生玉万句』の上梓《じょうし》された寛文十三年以降の西鶴の本格的俳諧活動は、この観点からも考察されなければならない。

「西鶴置土産」巻頭（早稲田大学図書館蔵）

かぶき精神と西鶴

西鶴は、元禄六年（一六九三）八月十日、五十二歳で没した。菩提《ほだい》寺は、現大阪市中央区上本町西四丁目の誓願寺で、「仙皓西鶴」と正面に刻んだ墓石が現存する。

この年の冬に刊行された第一遺稿集『西鶴置土産』の巻頭には、西鶴の肖像・辞世吟と言水《ごんすい》・才麿《さいまろ》・団水《だんすい》らの追善発句が載る。西鶴の辞世吟は、次のような句であった。

難波俳林
　　松寿軒
　　西鶴
辞世　人間五十年の究りそれさへ
　　我にはあまりたるに　ましてや
浮世の月見過しにけり末二年
　元禄六年八月十日　五十二才

この辞世吟は、歌聖柿本人麻呂の辞世として巷間に伝わる「石見のや高角山《たかつのやま》の木の間より浮世の月を見はてつるかな」をふまえ、西鶴の肖像も、連句興行の席に掛けられることの多かった歌仙絵の人麻呂像と似た構図で描かれている。西鶴の門人北条団水らは、歌聖人麻呂ならぬ俳聖西鶴を追善するという意識で、この半丁（一頁）を構成した。

突飛なことを言うようだが、私は、この西鶴の辞世吟から、有名な「豊国祭図屏風」（徳川美術館蔵）に画かれた、一人の若者を連想する。

華麗な衣裳を揃《そろ》って身にまとった町衆の群舞など、豊国祭を祝う人々の華やかな風俗を画く屏風《びょうぶ》の一隅に、喧嘩する若者の一群が配されている。そのなかに、制止する男を振り切り、闘諍《とうじょう》におもむこうとする諸肌《もろはだ》脱ぎの〝かぶき者〟がいる。この男は、朱鞘《しゅざや》の大太刀を抱えているのだが、その朱鞘には、金文字で「生き過ぎたりや二十三、八幡《はちまん》引けはとるまい」と書かれているのだ。

もちろん、西鶴がこの屏風を見た可能性はないが、私には、西鶴の辞世吟に、慶長期の若者の死に急ぐ心情の吐露、ひいてはイエズス会宣教師の編纂した『日葡《ポ》辞書』に「ひどく常軌を逸した人」と語釈された〝かぶき者〟の濶歩《かっぽ》した文化風潮と通底する意識が感じ取られる。

「傾《かぶ》く」とは、変わった恰好をする、常軌をはずれること、がもともとの意味である。異相の奇抜度が増すほど、日常と非日常とを区別する境界が明確化し、さらに徒党を組むことによって一種の祝祭空間が演出される。正統なもの・秩序・様式を破壊する、この異端の風俗現象が主潮となった慶長期の文化について、西鶴がどの程度の理解があったのかはわからない。恐らく、現代の我々が明治時代の風俗を懐古する程度のことであったかもしれない。

此《この》子共の風俗《ぞく》を好《すき》て、宇治の里より通《かよ》ひ、世のはやり事をならひしに（略）此道《みち》のかぶき者と

なり、たま〳〵はさし出たる座敷《ざしき》に面影《おもかげ》を見せける。（『好色一代女』巻一の二）

近年《きんねん》は人の嫁子《よめご》もおとなしからずして、遊女《ゆうぢょ》・かぶき者のなりさまを移《うつ》し、男のすなる袖口《そでぐち》ひろく、居腰《すへこし》蹴《け》出《だ》しの道中《だうちゅう》。（『好色一代女』巻三の四）

此程《このほど》の遊女《ゆうぢょ》は、むかしのごとく、かぶき者にはあらず、まづしき親の渡世のたよりに、身を売《うら》れて、身を売《うる》女良とは成ぬ。（『武家義理物語』巻四の四）

他人口からは申されぬ事、只今迄《まで》のおはつのそだてやう、我等ひとつも気に入申さず。何の町人の入らざる琴・小舞・踊までならはせ、かぶき者のやうに御仕立、わけもなき事に存候。（『万《よろづ》の文反古《ふみほご》』巻二の一）

西鶴が、浮世草子に用いた右の用例をみるかぎり、〝かぶき者〟に異相のニュアンスはなく、町人の日常的倫理に反した道楽者という意味あいが濃い。蓄財、生産の論理に対立する消費文化の体現者として、慶長期の〝かぶき者〟の記憶が揺曳《ようえい》していることを確認すれば充分だろう。

ところで、西鶴は、天和二年（一六八二）十月に出版した、浮世草子の第一作『好色一代男』の主人公世之介の父親を〝かぶき者〟に設定する。

浮世の事を外になして、色道《しきだう》ふたつに、寝《ね》ても覚《さめ》ても、夢介《ゆめすけ》と、かえ名よばれて、名古《なご》や三左、加賀の八などゝ、七ツ紋のひしにくみして、身は酒にひたし、一条通《とを》り、夜更《ふけ》て戻り橋、或《ある》時は若衆出立《わかしゆでたち》、姿をかえて、墨染の長袖、又は、たて髪かつら、化物が通るとは、誠に是ぞかし。（巻

一の一）

『好色一代男』の斬新な文体と、文学史上の画期的意義については、第三章で述べるが、右の文章を意訳すれば、次のようになるだろうか。

世渡りはほったらかしにして、頭にあるのは、男色・女色の色事だけ。寝ていても覚めていても夢をみているような奴だというので、夢介とあだ名された男がいた。この男は、名古屋山三郎（山三）・加賀江弥八郎らの錚々たる〝かぶき者〟と、菱の紋所のもとに徒党を組んでは、二条柳町の遊里通いに明け暮れる。しかも、酒びたりで、いい年をして若衆のなりをしたかと思うと、ある時は僧衣をまとい、またある時は、立髪鬘《かづら》をかぶって伊達者《だてもの》気取りで廓に通う。深夜に、一条通りから、あの化物が出たという戻り橋を渡るのだが、化物とは、全くこいつらのことだ。

「よし何事もうち捨てゝ、ありし昔の一ふしをうたひて、いざやかぶかん〳〵（京大本『国女歌舞妓絵詞』）」と、お国歌舞伎に登場する名古屋山三は言う。平安の貴公子在原業平が「色好み」の英雄となつたように、慶長八年（一六〇三）に斬死した山三は、かぶき踊りの創始者出雲のお国の恋人として伝説化した。史実の山三は、名越因幡守高久の次男で、織田信長の姪を母とし、妹が森忠政に嫁した名門の出である。加賀野井駿河守為宗の次男、加賀江弥八郎も、家康暗殺未遂や伊吹山鬼神退治の逸話の喧伝した〝かぶき者〟であった。

慶長期の〝かぶき者〟の異風・異相のイメージが、廓通いの夢介らの変装に歪曲《わいきょく》されたにしても、慶長文化を象徴する風俗が〝かぶき者〟であると、西鶴は考えていた。

「洛中洛外図屛風」や「豊国祭図屛風」に画かれた、風流《ふりゅう》踊りに興ずる、自由で官能的な京の町衆の姿からは、室町時代の日本文化のもった堂上《とうしょう》／地下《じげ》、都／鄙《ひな》、上《け》／下の対立的構造が感じられない。慶長期は、文化の枠組や境界を破壊しようという衝動をもった稀有な時代であった。

私は、西鶴は、〝かぶき者〟の末裔ではないかとさえ思う。もちろん、奇矯な言動をなしたということではなく、既成の価値体系に対するアナーキーな衝動をもったという意味でだが。『好色一代男』冒頭部に描かれた〝かぶき者〟は、西鶴の内面に沈潜したかぶき精神を象徴してはいないだろうか。

近世初期文化の展開

私は、本項で、西鶴の文学活動に、大坂の経済社会状況が反映していると主張したいのではない。けれども、元禄期の文化が、西鶴と全く同時期に活躍した松尾芭蕉や、活躍期の少し遅れる近松門左衛門のような、ヨーロッパ・キリスト教文化圏にも通用する文学者を、なぜ輩出することができたのか、言い換えれば、グローバルな価値観をなぜ元禄文化が創造しえたのか、このことが大問題だと思う。

現在は江戸ブームだと言われ、元禄から約百年たった天明期（十八世紀後半）の文化の再評価が行われているようだ。天明文化の「通」「うがち」「茶化し」といった美意識や文学理念は、江戸という都市空間と、そこで培われた、枠組の明確な文化構造を前提にしている。

吉原を知らない現代の読者、あるいは当時でさえ、江戸に住んだことのない地方の人には、微に入り細に入る洒落本《しゃれぼん》・黄表紙の「茶化し」「うがち」の笑いを理解できるはずがなかった。天明文化は繊細な美意識をはぐくんだが、価値観の閉鎖的な文化である。現在グローバルな評価のされる秋成や蕪村は、中国文化の影響のもとで都市文化の閉鎖性を打ち破ったにすぎない。その点では、文化そのものが、枠組を崩し作り直すダイナミックな構造をもつ元禄文化と対照的であった。

寛文十三年から実質的に始まる西鶴の本格的文学活動を述べる前に、十六世紀後半から元禄期にいたる日本の文化構造の大雑把な変遷について記し、元禄文化がなぜ普遍的価値を創出したのかという問題についてふれておきたい。

前項で述べたが、室町時代以前の日本文化は、堂上／地下、都／鄙の境界概念のはっきりした、二項対立的文化構造をもった。応仁の乱から約一世紀に及ぶ戦乱は、この構造を破壊する。戦国時代の個人主義、合理主義的傾向に、さらに南蛮文化が加わって伝統文化の枠組が崩壊した。畿内で局地戦の絶えた安土・桃山時代にもこの傾向は加速する。十六世紀後半の日本文化は、空間・階級の桎梏《しっこく》から人間が解放されたという点では、ルネッサンス的様相を呈した。

十六世紀末に都で流行した風流《ふりゅう》踊りは、この頃の文化風潮を象徴する。輪になった男女が、官能的に体をくねらせながら、乱舞する様子は、中世芸能の美意識とは無縁な、奔放な躍動感にあふれている。

徳川政権の揺籃《ようらん》期である慶長期にも、この文化構造が継承された。前述のお国歌舞伎は、この頃に流行した。当時の風俗画に見るお国は、紅梅模様の小袖に金襴《きんらん》の羽織、カルサン袴《ばかま》を着し、金鍔《きんつば》・白鮫鞘の太刀、腰には瓢簞《ひょうたん》、胸には数珠《じゅず》や十字架をかけるという、〝かぶき者〟のトップファッションで身を飾っている。「異風ナル男ノマネヲシテ、刀脇指衣裳以下、殊《こと》に異相、彼男、茶屋ノ女ト戯ル体《てい》、有難《ありがたく》シタリ（『当代記』）」と記録されるように、「異風・異相」のお国が、狂言役者の演じる茶屋女と戯れるという、性倒錯の芸能は、異端、奇態を好んだ当時の風潮の反映である。

正統なものや秩序、様式を破壊する「かぶき」文化は、堂上世界にまで浸透した。江戸幕府は、公家・武家の〝かぶき者〟に対する弾圧と、一種の文教政策によって、文化秩序の回復につとめる。徳川政権の文教政策は、二本の柱をもった。一つは朱子学であり、もう一つは伝統文化を再編することである。

慶長十二年（一六〇七）に摘発された、烏丸《からすまる》光広、大炊御門《おおいのみかど》頼国、飛鳥井《あすかい》雅賢ら九人の公家と「傾城《けいせい》、かぶき女の如く、洛中を出《い》で（『当代記』）」歩いた五人の官女の乱行《らんぎょう》事件や、猪熊少将教利《のりとし》と女院との密通事件は、公家の〝かぶき者〟への弾圧であった。

慶長年間、京で、町人の女房をさらった山城国三牧城主津田信成、美濃国清水城主稲葉通重らの処罰は、上層武士階級の〝かぶき者〟への粛清である。江戸では、慶長十七年（一六一二）に、〝かぶき者〟のボスとして有名な大鳥一兵衛が処刑された。幕府は〝かぶき者〟が徒党を組む風潮に、何度か禁令を出して弾圧を繰り返した。

〝かぶき者〟と対をなすように、慶長期の文化を象徴するのは遊女である。

廓《くるわ》の成立以前の遊女は、定住・生産の論理とは異質な価値体系をもつ、いわば「遊行《ゆぎょう》」の文化の担い手であった。彼女達は、あるき巫女《みこ》や熊野比丘尼《びくに》のように、聖／卑の両義的存在であり、時には白拍子《しらびょうし》のように、身分や権力をも超越した。また、奈良興福寺の声聞師《しょうもんじ》（芸能民）と推定する説もある出雲のお国のような、芸能にたずさわる民でもあった。天正から慶長にかけて、都に流入した遊行芸能民と遊女とは、もともと出自を同じくする。

　寛永八年（一六三一）には大坂新町に、寛永十六年（一六三九）に京島原、明暦三年（一六五七）には江戸新吉原に廓《くるわ》が開かれ、「遊行」の文化を、都市周縁の一区画に閉鎖する体制が完了した。長崎の出島にオランダ人を閉じ込めて貿易が管理されたように、寛永期には、四周を堀や塀で囲み、日常から隔絶した空間で、米の生産に対立する消費文化が管理される。

　天正十七年（一五八九）から慶長七年（一六〇二）まで都の二条万里小路《までのこうじ》柳町にあった遊里や、慶長七年から島原遊廓に移転するまで六条三筋町にあった遊里は、〝かぶき者〟が濶歩し、公家、大名、町衆も通った開放的な場であった。

「ただ遊べ、なぐさめとて、老いたるも若きも、貴きも賎しきも、遊女にたはぶれあそぶとかや（『露殿物語』）」という世相のなかで、六条三筋町の遊女は、四条河原に舞台を設け、かぶき踊りを興行した。浅井了意の『東海道名所記』は「六条の傾城町より、佐渡嶋といふ者、四条川原に舞台を立て、傾城数多《あまた》出して、舞踊らせけり。若上郎と云《いふ》傾城屋、また舞台を立てて、能をいたす」と記している。遊女と芸能民の競合する状況は、寛永六年（一六二九）の女歌舞伎の禁止令と、遊女の町売禁止の徹底によって解消するが、江戸時代を通じて、廓と芝居を「悪所」と呼ぶ発想の根源は、このあたりにあろう。

　西鶴の時代も、「近年は人の嫁子もおとなしからずして、遊女・かぶき者のなりさまを移し（『好色一代女』）」と記述されるごとく、「悪所」は、流行の発信地であった。また、慶長期のように、時代全般をおおいはしなかったが、元禄期にも「悪所」は、消費文化の突出した唯一の場として、町人達の情熱を集めた。「悪所」の文化が、江戸時代の都市文化の核をなしたのである。

慶長期から約三十年たった寛永期は、三代将軍家光、後水尾院《ごみずのお》、東福門院和子の活躍した時代である。寛永期は、中世以前の伝統文化が近世的に再編された時期であった。

この頃流行した貞門俳諧を例にとると、松永貞徳《ていとく》は、俳諧を次のように定義する。

俳諧も和歌の一体なり。賎しき道とあなどり給ふべからず。（『天水抄』）
俳諧は即ち百韻ながら俳言にて賦する連歌なれば…。（『増山の井』）

俳諧を説明するのに、和歌・連歌を引き合いに出すような、伝統文化への志向性をもつ点が、寛文・延宝期の談林俳諧とは異なっている。

寛永文化は、伝統文化の復活と啓蒙の上に成り立つが、雅／俗、都／鄙、堂上／地下といった対立項の境界が消失し、中世以前には対立していた文化が、同じレベルで並存するかのような様相を示す。近世的に再編されたと言ったのは、この意味である。

前章で述べたように、この時期は、整版印刷によって多くの版本が生産された。公家や寺社の独占していた古典籍類も、新しい読者に大量に提供される。その一方で「この五十年以前までは、日本国中が合戦の時分にて、人の子ども、芸能学問せざれども、武士道を肝要と心がけしゆゑに、心おのづから正しく、物ごとに吟味ありて、馬鹿うつけ病者も多くはなかりし（『可笑記』）」と、文化的世相を揶揄《やゆ》する仮名草子が、出版される。武士的なものと公家的なもの、あるいは、古いものと新しいものとが、同時に享受された点に、寛永文化の特徴があった。

寛文期（一六六一～一六七三）は、対立項の並存した寛永文化の多様性が、新しい秩序をもちはじめた時期である。たとえば、前述した談林俳諧は、貞門のように和歌・連歌と俳諧との間の格差を絶対視するのではなく、俗なものが伝統的なものをのみ込んでいくところに、その新しさがあった。寛永期には啓蒙される側であった新しい階層――富農・中層商人・職人・下層武士らが、文化秩序の形成にかかわってくるのだが、この時期の文化の特質は、西鶴の俳諧活動を具体的にみながら、後述することにする。伝統文化の近世的再編が、今一歩進んで、近世的に秩序化した文化として、寛文文化をとらえておきたい。

約一世紀の文化の流れを、私なりのとらえ方で説明してきた。結論から述べるならば、私は、元禄文化の普遍性は、文化の枠組を破壊していく慶長期の文化を、奥底に継承することによって得られたのではないかと思う。が、「かぶき」が、異風・異相にとどまるかぎり、グローバルな価値はもたれない。寛永・寛文という、古典復興の時期をくぐり、はじめて「異端」が普遍に転化することができた。

江島其磧《きせき》の気質物《かたぎもの》を例にひくまでもなく、享保期（一七一六～一七三六）には、人間を型として把握するようになる。これは、西鶴や芭蕉の人間認識にはみられない発想である。「かぶき」から「型」の文化へ移行するわずかなはざまに、元禄文化は花開いたのであった。

Ⅱ　職業俳諧師への道

『生玉万句』

寛文十三年（一六七三）春二月十五日、西鶴（当時は鶴永と号す）は、大坂生玉《いくたま》社南坊で、十二日間の万句興行を主催した。同年六月二十八日には、各百韻（俳諧において発句・脇・第三以下、句を百句連ねる型式）の発句（俳諧の第一句で五・七・五の十七音からなる）・脇（発句に続ける七・七の句）・第三（脇の後の五・七・五の句）と、祝賀の追加一巻の鶴永の発句、方由《ほうゆう》の脇、西翁（西山宗因）の第三、さらに追加興行の発句を加えた『生玉万句』が刊行された。

版下は西鶴自らが筆をとり、版元は「大坂阿波座堀《あわざぼり》　板本安兵衛」である。

百六十人もの俳諧師を動員したこの大規模な法楽万句を、西鶴が主催できるほどの実力をもっていたか、疑問である。西鶴の立机《りっき》披露の興行という説▼注①もあるが、実態は、加藤定彦氏の説くように▼注②、生玉社法楽を大義名分にした、西鶴の自己顕示の強い催しだったのではないか。

西鶴は、序文で、意気高らかに、自分が西山宗因の新風に組する俳諧師であると宣言する。

或問《あるひととふ》、何とて世の風俗《ならはし》を放れたる俳諧を好《このま》るゝや。答曰《こたえていはく》、世こぞつて濁《にご》れり。我ひとり清《すめ》り。

何としてか、その汁を啜《すす》り、其糟《そのかす》をなめんや。（略）遠き伊勢国みもすそ川の流《ながれ》を、三盃くんで酔のあまり、賤《やつがれ》も狂句をはけば、世人、阿蘭陀《おらんだ》流などさみして、かの万句の数にものぞかれぬ。されども生玉の御神前にて、一流の万句催し、すきの輩出座、その数をしらず。十二日にしてこと畢《おは》れり。（略）ともいへ、かくもゆへ、則座の興を催し、髭《ひげ》おとこをも和《やは》げるは此道なれば、数寄《すき》には、かる口の句作《くづくり》、そしらば誹《そし》れ、わんざくれ、雀の千こゑ鶴の一声と、みづから筆を取てかくばかり。

貞門派から加えられた「阿蘭陀流」俳諧という非難に対しては、「我ひとり清《すめ》り」と反論し、自分こそが、「伊勢国みもすそ川の流」すなわち荒木田守武《あらきだもりたけ》（室町後期の伊勢内宮の禰宜《ねぎ》で俳諧の基礎を築いたとされる）の正流を継ぐのだから、いくら数をたのんで中傷を繰り返しても、正しい者が必ず勝つと、西鶴の口調は挑戦的である。序にいう「かる口の句作《くづくり》」、すなわち即興性を重視した談林派の俳諧理念を、いちはやく標榜したことに、この万句興行の意義があった。

しかし、意気軒昂な序文にもかかわらず、出座の俳諧師は二流や新人が多く、この万句興行にふれた文献は、『清水千句』以外発見されていない。前章で述べたが、大坂書肆の単独出版としては最初の本となった『生玉万句』の版面は、京都で出版された同時期の俳書に比べて見劣りがする。恐らく、資金面でも難しい状況にあったのだろう。

「かの万句（清水万句）の数にものぞかれぬ」と西鶴が述べるほど、西鶴が目立っていて、この『生玉万句』が当代の俳壇に衝撃を与えたのかは疑わしいのだが、ともかくも西鶴の俳諧活動は、この万

句興行以降本格化することとなった。▼注③

注①▼野間光辰氏『天理図書館善本業書 談林俳諧集』解説（八木書店　一九七一）
注②▼加藤定彦氏「俳諧師西鶴の実像」（『近世文芸論叢』中央公論社　一九七八）
注③▼牛見正和氏「新収俳書『清水千句』―解題と翻刻―」（『ビブリア』117　二〇〇二・五）。『清水千句』の出現により、『生玉万句』の開催が二月二十五日であったこと、「かの万句」が『清水万句』であることが確定した。

『哥仙大坂俳諧師』

寛文十三年九月、歌仙絵にならい、三十六人の大坂の俳諧師の肖像と発句を載せた『哥仙大坂俳諧師』初撰本が刊行された。初撰本刊行のわずか一か月後には、序文と、入集の俳諧師や発句・肖像を一部改めた異版が出版される。ともに絵は西鶴が画き、西鶴自身が編集したものだが、初撰本の序文は「洛葉之住 雲愛子」という偽名が用いられ、再版本の序には署名がない。

西鶴（鶴永）の入集句は「長持《ながもち》に春ぞくれ行更衣《ころもがえ》」で、初撰本では十五番右座に配されるが、再版本では四番右座に引き上げられる。初撰本は、島根県立図書館山口文庫蔵の一本だけが現在知られている（59ページ本章扉参照）。この本を見ると、『生玉万句』よりも、版面は稚拙な感があり、素人の手による出版のような印象さえ受ける。再版本は幾分素人っぽさが抜けてはいるが、やはり京都版よりは版の彫りが杜撰《ずさん》である。恐らく、大坂で上梓されたものだろう。

なぜ、西鶴は、この本の撰者であることを隠したのか。恐らく、大坂を代表する三十六人のなかに自分を入れる厚顔を憚《はばか》ったのだろうが、逆に言えば、『哥仙大坂俳諧師』の刊行自体が、自分を俳壇に売り込もうという意図のもとに企画されたとも考えられる。わずか一か月後に出た再版本に異動がみられるのは、初撰本に対する当時の俳壇の反応を考慮したからであろう。ちなみに、三十六人のうち、宗因門下の俳人は十三人に及んでいる。当時の俳壇の状況下では、意図的に談林派を優遇した可能性もある。

この年延宝元年（寛文十三年九月改元）冬、彼は、宗因の別号西翁の一字をもらい、初号鶴永を西鶴に改めた。

妻の死と『俳諧独吟一日千句』

延宝二年（一六七四）、三十三歳の西鶴は、七十歳の宗因門下の俳諧師として活動を続けた。正月に、大坂天満の西山宗因亭での初会に出座し、春には、宗因を訪れ入門した江戸の野口在色らと百韻を巻いている。

翌三年の四月三日、西鶴の二十五歳の妻が、三人の子を残したまま病没した。

若妻の死は、働き盛りの西鶴に、二つの点で転機をもたらした。一つは、四月八日、亡妻に、一日で巻いた独吟千句を手向け、『俳諧独吟一日千句』と題して刊行したこと。もう一つは、妻の病没後間もなく、隠居法体《ほったい》（僧形となること）したことである。

西鶴の法体は、延宝四年の西鶴一派の歳旦帳（俳諧師が正月吉日に祝賀の句を披露するため前年の冬のうちに自分と門弟の発句等を集めて刷ったもの）『俳諧大坂歳旦』冒頭に「法体をして元日／春のはつの坊主へんてつもなし留　松寿軒西鶴」という発句が載ることから確認できる。普通、歳旦帳は一、三丁の薄いもので、京都の井筒屋庄兵衛から出版されることが多かったが、この歳旦帳は、九組二十七名の三ツ物（発句・脇・第三の三句）に、住吉・堺などの近郷も含めた大坂の有名無名の俳諧師三百五十名の発句を添えた、二十一丁に及ぶ大部なものであった。刊記には、「板本海部堀《かいふぼり》本屋安兵衛」とある。この版元は、前述の『生玉万句』と、前年上梓された『俳諧独吟一日千句』の「大坂阿波座堀／板本安兵衛」と同じ書肆である[注①]。

亡妻追善の『俳諧独吟一日千句』の自序に西鶴は次のように書いた。

（略）月雪花は盛なるに、風の心ちとて、其《その》春も頼《たより》すくなく、四月三日の夜の鶴なく子を捨て、空しくなりぬ。折から泪《なみだ》を添る郭公《ほととぎす》の発句おもひ、明《あく》るより暮《くる》るまでに、独吟に、一日千句、手向にも成なんと、執筆《しゅひつ》も一人して、是《これ》を書付侍るものならし。

序には「一日千句」と書かれているが、この「千句」は百韻を十巻集めた「十百韻《とっぴゃくいん》」のことである。もともと千句興行は三日（初日三百韻、中日四百韻、後日三百韻）かけて行われ、各百韻発句の季題が四季（春秋各三、夏冬各二）にわたるなどの独特の式目作法がある。西鶴は、それを意図的に変えたとするのが定説だった。しかし「千句（十百韻）」興行を一日で行い、各百韻発句の季を統一することには先例がある。牛見正和氏が翻刻、紹介された、前述の寛文十三年（一六七三）八月刊『清水千句』である。山口清勝主催の大坂清水寺奉納十百韻を収めたこの「千句」は、『清水連歌』に倣って各巻発句に「花」が詠み込まれ、その序に「奉納の十百韻は一日千句なりければ」とあるように、一日に千句詠むという点では『清水千句』は西鶴の「一日千句」に先行している。

連歌では「花千句」のような類題連歌の伝統があるが、俳諧にもこの様式が踏襲された。西鶴自身が、元禄二年（一六八九）筆『俳諧のならひ事』で「類題とて同じ物を十句揃て千句の発句いたす事あり。たとへば／桜千句／紅葉千句／雪千句」と述べている。したがって『俳諧独吟一日千句』は、『清水千句』などの「花千句」がそうだったように、「十百韻」を単に「千句」と称したにすぎないと考えれば、季題を四季にとるなど独特の式目をもつ「千句」様式を改変しようという西鶴の意図は希薄だと言わざるをえない。西鶴は、序文で「独吟に、一日千句」と述べるように、独吟を一つの趣向とする。さらに、各百韻の発句には『十王経』秦広王の条にでる冥界の鳥ホトトギス（夏の季題）を詠みこんだ。各百韻を「追善俳諧」とするのも、異例である。その上、大谷篤蔵氏の指摘するように、第一・第二・第三の各巻の発句・脇・第三は、臨終から初七日までの葬送仏事の順を追っている。▼注②

第一

脉《みやく》のあがる手を合してよ無常鳥《ほととぎす》　〈発句〉

次第に息はみじか夜十念　〈脇〉

沐浴を四月の三日坊主にて　〈第三〉

第二

引導や二十五を夢まぼろ子規
　尻かしらからかくる蛍火
箸かたし柳呉竹折まぜて
　第三
郭公《ほととぎす》かゝがさとりのかたちはいかに
　おんは仏法僧と鳴らん
御詠歌を木の下闇に残されて

巻末に付けられた、西山宗因以下百五人の俳諧師の「追善発句」にも、全句ホトトギスが詠みこまれている。このような、例のない千句（十百韻）の出版は、俳諧師への配り本程度の部数しか刷られなかったにせよ、当時の俳壇に話題を提供したにちがいない。

後述するが、一日に何句独吟できたかを競う矢数《やかず》俳諧を創始し、浮世草子作家として活躍する西鶴の資質が、すでに『俳諧独吟一日千句』にあらわれている。愛妻の死を利用したとまでは言えないけれども、この追善千句（十百韻）によって、俳壇における西鶴の知名度は飛躍したのではなかっただろうか。

また、百韻十巻に宗因が引点句評を施した『大坂独吟集』（延宝三年四月刊）に、西鶴の独吟百韻が載る。この百韻は、西鶴（鶴永）が寛文七年（一六六七）に伏見西岸寺の任口《にんこう》を訪れ、帰りの下り船で巻いたもので、発句「軽口に任せてなけよほとゝぎす」と挙句《あげく》（最後の句）「あげ句のはては大坂の春」とが呼応した、虚構とも思われるほど構成意識の強いものである。恐らく、初案に推敲が加えられて、寛文末～延宝初頃に、宗因が批点を加えたのであろう。
京都の村上平楽寺という大書肆から出版され、折からの宗因ブームで、『俳諧独吟一日千句』などとは比較にならないほど、多くの部数が流布した『大坂独吟集』に、西鶴の百韻が載ったことは、彼の俳諧活動の地歩固めに効があった。

注①▼森川昭氏「延宝四年西鶴歳旦帳」(「文学」一九七五・六)
注②▼大谷篤蔵氏「無常鳥―俳諧師西鶴」(『芭蕉連句私解』角川書店一九九四・五)

『西鶴俳諧大句数』

『俳諧独吟一日千句』の速吟傾向は、延宝五年(一六七七)、五月二十五日に大坂生玉《いくたま》本覚寺で興行された、一夜一日千六百句独吟という類のない俳諧に結実する。この興行は『西鶴俳諧大句数』と題して出版された。

天下の大矢数は、星野勘左衛門、其《その》名万天にかくれなし。今又《また》俳諧の大句数、初て我口拍子にまかせ、一夜一日の内、執筆《しゅひつ》に息をもつかせず、かけ共《ども》つきぬ落葉の色をそへ、実をあらせ、花の座、月雪の積れば一千六百韻、見渡せば、柳にから碓、桜に横槌を取まぜ、即興のうちにさし合もあり。其《その》日数百人の連衆、耳をつぶして是をきゝ給へり。みな大笑ひの種なるべし。(略)

西鶴が右の自序で述べるように、当時、京都東山三十三間堂で、毎年夏に行われた通矢《とおしや》にならい、一昼夜二十四時間内に詠んだ俳諧の句数を競うのが矢数《やかず》俳諧である。寛文以降の通矢の記録をみると、寛文二年五月二十八日、尾張藩士星野勘左衛門茂則の六千六百六十六筋（総矢一万百二十五）が最高記録で、このレコードには延べ五十人の射手が挑戦した。そして、ついに寛文八年五月三日、紀州藩士葛西園右衛門弘武が七千七十七筋（総矢九千四十二）を射通したが、翌九年五月二日、星野勘左衛門が再び八千筋（総矢一万五百四十二）の新記録を樹立した。この記録は、貞享三年四月二十七日、紀州藩士和佐大八郎範遠が八千百三十三筋（総矢一万三千五十三）を射通すまで破られない。

こうした世間のトピックを取り込みつつ、「数百人の連衆（見物人）」を前に、執筆《しゅひつ》（筆記役）二人と指合見《さしあいみ》（審判）二人をたてて、西鶴は独吟を行った。その詠みぶりは、たとえば、

火事よといひて風しづか也
　おし合は葛籠《つづら》長持車道
中くらいなるよめ入のくれ
　立姿高いも下いも嫌はれて
真に一本枝ぶりの松
　辛崎はひがしへなびく門徒寺（第六）

のように、付合《つけあい》に、心付《こころづけ》やあしらいが用いられる傾向が強い。見立て、ヌケ、取成《とりなし》などの談林俳諧の意匠を凝らした付合技巧が後退し、遣句《やりく》（あっさりと付けた句）に多用される心付が増えるのは、速吟を競う以上、やむをえないことであった。

『西鶴俳諧大句数』の序文には、すでに日向に四百韻、南都に六百韻を試みたものがいたと記す。西鶴自身も「片吟（自分で句を筆記する吟詠）」なら三千六百句まで詠んだことがあると書き、「又《また》、口まねをする人もありそ海の浜の真砂の数一句にてもまさりなば、それこそ命幾世《いくよ》へぬらん。（略）此度万事改め、番付の懐紙・文台・目付木・左右の置物・掟書等、あと望の方へ是《これ》を譲るべし。」と、挑戦者を募っている。

矢数俳諧の流行

矢数俳諧を構成する数量・スピード・個人記録といった、連歌の伝統にはみられない諸要素は、元禄文化を反映したものにちがいないが、座の文芸である連句の特性に背反する。しかし、時代の潮流に合ったのか、西鶴の興行がきっかけとなって、西鶴十三年忌追善集『こころ葉』（宝永二年刊）の序文に「コレヨリ多武峯《タフノ》ノ紀子、仙台ノ三千風、才麿、一晶等《ラ》、各数千句、或ハ一万句余マデ、独吟シタリケリ。」と記すような矢数俳諧の流行が起こった。

才麿《さいまろ》・一晶《いっしょう》の独吟は未詳だが、大和多武峯西院の僧月松軒紀子《きし》と大淀三千風《みちかぜ》の矢数俳諧は現存する。前者は、延宝五年（一六七七）九月二十四日、南都極楽院で興行された千八百句独吟で、翌六年三月に、京都の談林派俳諧師菅野谷《すがのや》高政の批点と序文を付し、中村七兵衛という京都の本屋から出版された。外題《げだい》は『俳諧大矢数千八百韻』である。高政の序文は「近曾《サイツコロ》難波わたりの作者、一日一夜に一千六百韻をつゞりて、大矢数と号するよしを、ならの京春日の里のしる人、紀子にかたる。さもあるべしといひて、更に動《ドウ》ぜずなんありける。」と、西鶴に対する悪意に満ちたものであった。

一方、西鶴は、紀子の記録を破った大淀三千風の二千八百句独吟を出版した『仙台大矢数』に、祝賀歌仙一巻と奥書を寄せたが、この奥書で次のように高政を罵倒している。

> 爰《ここ》にならの坂や、此手かしわの二面、とにもかくにも片隅《すみ》にて、紀子千八百はいざしら波の跡かたもなき事ぞかし。其《その》故は南都極楽寺にて興行せしといへども、門前の衆徒壱人も知人なし。亦《また》大安寺にてするといへども、其証拠しれず。其上、かゝる大分の物、執筆もなく判者もなし。誠に不都合の達者だて、誰か是《これ》を信ぜざらん。殊に其巻に点をつけたりし京都惣本地高政こそ、同じ心入、おろかなる作者也。中々高政などの口拍子にては、大俳諧は及ぶことにてあらず。

『仙台大矢数』は、延宝七年（一六七九）三月五日、仙台青葉が崎梅睡庵での、三千句独吟を目標に行われた興行を、同年八月に、大坂書肆深江屋太郎兵衛が、恐らく西鶴の斡旋《あっせん》で刊行したものである。高政と西鶴の場合のように、貞門と談林、あるいは談林同士の俳諧師たちが、この時期には、さかんに出版メディアを利用して俳壇の主導権あらそいを演じた。

『西鶴大矢数』

さらに、西鶴は、延宝八年五月七日、「天下矢数二度の大願四千句也」の発句に始まる四千句独吟を成就、三千風の記録を破った。大坂生玉社別当南坊に大幕をうたせ、当地の宗匠達や数千人の聴衆の見守るなかで行われたというこの興行は、深江屋太郎兵衛によって、翌九年四月『西鶴大矢数』と題して刊行された。同書巻一の「大矢数役人」によれば、「指合見《さしあいみ》」に和気遠舟《わけえんしゅう》・片岡旨恕《しじょ》・浅沼宗貞《そうてい》・小西来山《らいざん》・前川由平《よしひら》の五人、「脇座《わきざ》」に岡西惟中《いちゅう》・山口清勝《せいしょう》ら十二人、「執筆《しゅひつ》」八人、そのほか「執筆番繰・白幣・紅幣・銀幣・金幣・懐紙番繰・目付木・線香見・割帳付・懐紙台・懐紙掛役・御影支配・代参・医師・後座」の、合計すると五十五人もの役人を配したきわめて大がかりな興行であった。

西鶴は、跋文で次のように、その成功を誇っている。

> 予俳諧正風初道に入て二十五年、昼夜心をつくし、過つる中春末の九日に夢を覚し侍る。今世界の俳風、詞を替、品を付、様々流義有といへども、元ひとつにして、更に替る事なし。惣而《そうじて》此道さかんになり、東西南北に弘《ひろま》る事、自由にもとづく俳諧の姿を、我仕はじめし已来也。世上に隠れもなき事、今又中も愚也《おろかなり》。

彼は、四千句独吟成功を報じる手紙を、各地の俳諧師に送ったようだ。そのうちの一通、尾州鳴海の俳人下里吉親、通称勘右衛門、俳号知足あての手紙が現存する。

貴札　忝《かたじけなく》　拝見仕申候。其元《そこもと》いよ《ママ》御無事、珍重目出度《めでたく》奉存候。私大矢数之義、五月八日ニ一代之大願、所は生玉ニ而《て》、数千人の聞ニ出、俳諧世ニはじまって、是より大きなる事有まじき仕合《しあはせ》、一日之内一句もあやまりもなし。一句いやしき句もなし。又は天下ニさはり申候句もなし。おもふまゝニ出来、近々ニ板行出来申候。其元より被遣《つかはされ》候御句共《ども》、加入申候。めい〳〵ニ一句づゝ入申候。其外は外の集ニ加入可申候。左様ニ御心得可被下《くださるべく》候。手前取込、早々申のこし候。跡より具《つぶさ》ニ可申上候。

　巻頭

天下矢数二度の大願四句《ママ》也　　西鶴

百六十枚五月雨の雲　　保友

ほとゝぎす八わりましの

　名をあげて　　梅翁

今度西山宗因先師より日本第一前代《ママ》之俳諧の性《ママ》と、世上ニ申わたし候。さて〳〵めいぼく此度也。

難波　西鶴

六月二十日

下里勘州様

『生玉万句』以来の俳壇制覇の野望が今こそかなったかのような、気負いに満ちた文面である。「日本第一前代（「未聞」を脱字するか）之俳諧の性（「催」を書き誤るか）」と、西山宗因の祝辞を得たことが、西鶴を有頂天にさせたようだ。

西鶴の自負するように、数千人の聴衆を集めたこの興行は全国の俳諧師の話題となった。六月二十日付の西鶴書簡が知足にとどくより前に、知足は四千句独吟成就の情報を得ていたふしがある。熱田の桐葉（林七左衛門）という知足の友人からの六月十二日付の知足あて返書に「大坂西鶴大矢数之巻頭第三迄《まで》書付被下《くだされ》、忝《かたじけなく》奉存候。四千句之本、御所持被成候はば、重而《かさねて》之便りに、御見せ可被下《くださるべく》候。」という文言がみられるからである。序章で述べたように、当時のトピックの伝播は、迅速かつ正確であった。

矢数俳諧の派手な興行は、西鶴を大坂俳壇の雄に押し上げたが、それに比例するかのように悪口の度も増す。

> 当時宗因流をまなぶ弟子、数多ある中に、殊更すぐれて相見えしは、江戸は不知、大坂にて阿蘭陀《おらんだ》西鶴、京にては惣本寺半伝連《ばてれん》社高政。（延宝七年刊『俳諧破邪顕正』）
>
> 摂津の西鶴、備前の摺鉢弟子兄弟は、おもてうらなきばされ句の大将。（同年刊『俳諧熊坂』）
>
> か丶る邪流の張本ども又一味にあらず、似船・惟中・西鶴・宗旦等、相互に我流をあらそふ。（延宝八年刊『俳諧猿黐《さるとりもち》』）

貞門派の俳諧師から罵言を浴びた延宝七・八年、三十八・九歳の頃から、西鶴の職業俳諧師としての地位は揺《ゆる》ぎないものとなった。

矢数俳諧の意義

前述のように、量とスピードとを競う矢数俳諧は、和歌・連歌の定型詩の伝統からすれば、所詮一時の徒花《あだばな》にすぎない。七、八年後の元禄初年頃には、矢数俳諧はもとより、速吟を可能にした親句《しんく》的付合はすっかり時代遅れとなり、連歌のような、叙情性を重んずる疎《そ》句的付合が流行するのであった。しばしば引用される例だが、

盗人と思ひながらもそら寝入
　親子の中へあしをさしこみ
胸の火やすこし心を置こたつ
　揚屋ながらにはじめての宿
なんと亭主替つた恋は御ざらぬか
　きのふもたはけが死んだと申（『大句数』第八）

のような付合には、叙情性が展開する可能性がない。よく、西鶴の俳諧は散文的であり、自分の資質にあった浮世草子作家へ転向したと評されることがある。しかし右に引用した例が散文的に思えるのは、西鶴の資質の問題ではなく、当座性・即興性を

重んずる「軽口」の俳諧が、機知よりもスピードを競う矢数俳諧に変質したために起きた付合技巧のせいではないだろうか。

俳言《はいごん》（俗語・漢語・口語など）を重視する貞門俳諧によって、和歌・連歌のような、本意・本情をもつ雅語の詩的体系から、俗語の定型詩が解放された。言葉の解放は、言葉が把握し表現する世界の拡大を意味する。連歌への志向性をもたない談林俳諧は、古典的・雅語的世界を、笑いで蚕食しながら、貞門俳諧より徹底して表現対象を拡大した。

矢数俳諧の意義は、時間的制約からしばしば用いざるをえなかった心付やあしらいのような付合によって、あたかも現実の刹那《せつな》を切り取ったかのような俗語世界が認識・表現されたことにある。

第二章　西鶴の俳諧と出版メディア

天和二年刊『俳諧百人一句難波色紙』の法体姿の西鶴像。（天理大学附属天理図書館蔵）

I 大坂書肆の俳書出版

尾張屋安兵衛と深江屋太郎兵衛

前章では、西鶴の俳諧活動について述べたが、本章は、西鶴の俳書を上梓した書肆と、大坂の出版状況とを取りあげたい。

序章三節「出版メディアの成立」で触れたように、大坂書肆の登場は、京都・江戸に比べて著しく遅い。単独版では、寛文十三年（一六七三）六月刊、西鶴の『生玉万句』（75～77ページ参照）を刊行した「大坂阿波座堀　板本安兵衛」、京都書肆との相合版では、寛文十一年三月刊、高滝以仙編『落花集』を出版した「大坂深江屋太良兵衛宗次」という本屋が、最も創業の早い大坂書肆である。

板本安兵衛は、西鶴の『俳諧独吟一日千句』（延宝三年四月刊、78～82ページ参照）と『俳諧大坂歳旦』（延宝四年刊、79ページ参照）の版元でもあった。この書肆は、延宝七年七月刊の地誌『難波鶴』の「書物屋」の項に名の載る四軒「御堂前　本や庄太／米屋町一丁メ　生野屋六郎兵衛／御堂筋伏見町　ふかゐや太郎兵衛／かいふほり　おわりや安兵衛」のうち、最後の尾張屋安兵衛のことである。

前述のように、西鶴一派の歳旦帳『俳諧大坂歳旦』は、九組二十七名の三ツ物と三百五十名の歳旦発句を収録した、撰集のごとき歳旦帳であった。末尾の刊記「板本海部堀本屋安兵衛」の横に、「歳旦やはん木はや咲の花の春　山口安房」と安兵衛自身の歳旦発句が添えられる。序章で述べた西村市郎右衛門未達を例にひくまでもなく、当時、本屋が俳諧をたしなむ例は多い。西鶴一派の歳旦帳に、このような形で発句を寄せること自体、西鶴と尾張屋安兵衛との親しい関係がうかがわれる。

西鶴の本格的俳諧活動の最初となった『生玉万句』も、西鶴の自己顕示の強い特異な出版物であった。この本を、ほとんど実績のない草創期の大坂本屋に刊行させた点に、西鶴の出版メディアに対する鋭敏な感覚が感じられる。さらに、亡妻の追善集『俳諧独吟一日千句』も、前章で述べたような、豊富な趣向をもった異例の俳書である。このように、西鶴は、話題性に富んだ初期の自分の俳書を、ほとんど尾張屋安兵衛から上梓する。『俳諧大坂歳旦』のごとき類のない歳旦帳を、当時歳旦三ツ物の出版を独占していた京都の井筒屋庄兵衛のような実績を積んだ本屋が敬遠するのは当然であったから、西鶴の旺盛な企画力のもとで、これらの俳書は上梓されたのであろう。

一方、深江屋太郎兵衛は、西鶴との結びつきを強める延宝七年頃までは、一時軒岡西惟中《いちゆう》の俳書を多く出版している。惟中は当時備前岡山に住んでいたが、しばしば京・大坂を訪れた。寛文九年（一六六九）に西山宗因に入門して以来、歌を烏丸資広《からすまるすけひろ》、連歌を里村昌程《さとむらしようてい》に学んだという彼の活躍はめざましく、談林派としての名声は西鶴を上まわっていた。

惟中が大坂に移住する延宝六年までに、深江屋太郎兵衛が上梓した惟中の俳書は、次の四点に及ぶ。

延宝三年　俳諧蒙求《もうぎゆう》
同　年　しぶ団《うちわ》返答
延宝五年　俳諧三部抄
延宝六年　一時軒独吟自註三百韻

他に、延宝五年に、『落花集』の撰者高滝以仙《たかたきいせん》の編んだ『難波千句』を出版しているが、この千句の連衆も、当時の大坂談林の有力俳諧師達である。

深江屋太郎兵衛は、このように当初から大坂談林の俳書出版を手がけ、その発展に寄与した。延宝七年以降も、多くの談林系俳書を刊行する。『風鳶禅師語路句《ふうえんぜんじごろく》』（延宝七年刊）、『近来俳諧風体抄』（延宝八年刊）のような惟中の俳書も出版しているが、際立っているのは西鶴の関係した俳書である。

延宝七年には、『西鶴五百韻』『両吟一日千句』『飛梅千句』の三部の連句集がでる。さらに松葉軒中村西国《さいこく》編『見花数寄《けんかずき》』、前述の『仙台大矢数』、西鶴の『物種集』の続編の体裁をとる西治編『二葉集』、歌舞伎役者の句を多く載せた木村一水編『句箱』と富永辰寿編『道頓堀花みち』、以上は西鶴の門人や知人の手になる俳書である。恐らく、出版にあたっては西鶴の斡旋があったのだろう。

翌延宝八年には、和気遠舟《わけえんしゅう》撰『太夫桜』、難波津散人《なにわずさんじん》（片岡旨恕《かたおかしじょ》）著『備前海月《くらげ》』、西漁子《さいりょうし》著『俳諧太平記』、沢井梅朝《さわいばいちょう》撰『江戸大坂通し馬』、中村西国《なかむらさいこく》撰『雲くらひ』、西鶴序『点滴集』が深江屋から刊行される。これらも西鶴と関係の深い俳書である。

この年の歳旦三ツ物に、岡西惟中は「西山梅翁（宗因）跡目」と肩書する。惟中が大坂に移住した頃から、他の談林俳諧師、特に宗因の後継者を自負していた西鶴との間に反目を生じたようだ。貞門・談林両派の論戦の最中に書かれた『備前海月』『俳諧太平記』の両書は、談林を擁護すると同時に、西鶴を持ち上げ、惟中を貶《おとし》める姿勢が顕著である。雲英《きら》末雄氏の指摘するように、延宝七年あたりから、惟中は深江屋から後退し、逆に、西鶴やその門下知友の出版物が圧倒的に多く出版されるようになる。▼注①

この時期の西鶴の活発な活動は、矢数俳諧の旗手として俳壇の話題をさらったことにもよるが、出版メディア、とりわけ深江屋と連係しながら推進されたのであった。

翌年以降も、西鶴と深江屋との関係は続き、延宝九年には『西鶴大矢数』（86～89ページ参照）、さらに天和二年は西鶴画の『高名集』『三ケ津』『百人一句難波色紙』、天和三年には西山宗因一周忌の追善興行『俳諧本式百韻精進膾《しょうじんなます》』が同書肆から出版されている。

注①▼雲英末雄氏「俳諧師としての西鶴」（『国文学解釈と鑑賞』58・3　一九九三年八月）

俳書の流通

創業期の大坂書肆の出版は、まず俳書から始まった。前述の『落花集』『蛙井《あせい》集』『生玉万句』のほかに、西鶴の『哥仙大坂俳諧師』（寛文十三年）、『俳諧独吟一日千句』（延宝三年）、岡西惟中の『俳諧蒙求』（延宝三年）、「大坂御堂前古棟四郎右衛門」の刊行した宗善庵伊勢村重安撰『糸屑《いとくず》』（延宝三年）などが、大坂初期の出版物である。

前項で述べた板本（尾張屋）安兵衛が、確実なものでは、西鶴の関係した『生玉万句』『俳諧独吟一日千句』『俳諧大坂歳旦』の三部しか出版物が見出せないのに対し、深江屋太郎兵衛は、多くの発行点数をもつ大坂を代表する俳諧書肆に成長した。雲英末雄氏作成の「書肆出版点数表」を引用したが、深江屋は、京都の井筒屋庄兵衛、俳諧師としても著名な寺田与平次（重徳）、西村市郎右衛門（未達）に比べても、貞享頃までは遜色ない点数の俳書を出版している。西鶴ら大坂談林の俳諧師の活躍がピークに達した延宝七・八年には、京都の三書肆の出版点数をしのいでさえいる。

ただし、深江屋のような書肆が存在することが、大坂に商業主義的な出版メディアが成立していたことになるのかどうか、この問題を論ずるには、俳書流通の特殊性を考慮しなければならない。

約三千の書名がリストアップされた寛文年間の最古の書籍自録をみると、宗派別の仏書、「和書并仮名類」「往来物并手本」などとともに、「連歌書」「俳諧書」がすでに項目化されている。ところが、書名をいろは分けし、値段を付した天和元年（一六八一）刊『書籍目録大全』は、「仏書」「儒書」「医書」「仮名」という分類で、俳書の類が掲載されていない。この書籍目録のスタイルを踏襲した『増益書籍目録大全』が、元禄九年（一六九六）に、河内屋利兵衛から出版された。これには、版元と値段がつき、前記四分類のほか、巻末に当時高い商品価値をもった「好色本」の項が増補されている。値元禄九年には俳書はかなりの点数が刊行されていたはずだが、この書籍目録にも載っていない。値段を付けた書籍目録に俳書が掲載されない理由は、俳書は定価のつけようのないような流通をしたからではないだろうか。

俳書の流通の仕方を、西鶴に則して見ていきたい。

現在、西鶴の手紙は七通発見されている。このうち四通が、尾張鳴海の下里家（今の下郷家、屋号を千代倉という）の二代目、勘兵衛吉親という、俳号を知足と称した俳諧師にあてたものである。下郷家には、日記や紙背文書の類が伝襲され、西鶴に関する資料もそのなかに多く含まれている。前章で述べた『俳諧大坂歳旦』も、下郷家から発見された。森川昭氏が「千代倉家日記抄」と題してこれらを翻刻されたが、西鶴の書簡と下里知足側の資料から、西鶴の俳書の流通を跡づけることにする。

四書肆出版点数表

	承応元	寛文六	寛文九	寛文一〇	寛文一一	寛文一二	寛文一三延宝元	延宝二	延宝三	延宝四	延宝五	延宝六	延宝七	延宝八	延宝九天和元	天和二
深江屋					1			1	2		2	2	9	7	2	3
寺田重徳		1	1	1	2	3	1	1	3	1	3	8	3	1	3	2
井筒屋	1					1	3	2	1	2	4	7		5		
西村市郎右衛門									2							2

	天和三	天和四貞享元	貞享二	貞享三	貞享四	貞享五元禄元	元禄二	元禄三	元禄四	元禄五	元禄六	元禄七	元禄八	元禄九	元禄一〇	
深江屋	2	1		1	1		2	1	1		1		1			
寺田重徳	1	3		2	1	1		6	4	2	2					
井筒屋	2	2	1	5	5	1	5	17	30	27	15	21	15	12	15	
西村市郎右衛門	7	5	4	7	4	7	3	6	4	5	1		6	3		

雲英末雄氏「俳諧書肆の誕生―初代井筒屋庄兵衛を中心に―」
文学 49-11 昭 56・11（『元禄京都俳壇研究』勉誠社　昭 60）より引用

延宝七年（一六七九）三月二十二日、西鶴は、知足にあてた手紙に、次のように書いた。

私すき申候近年之付合、板行申候。二冊遣し申候。是ニ而《これにて》おぼしめしあはされ可被遊《あそばさるべく》候。
壱札ニ付《につき》一匁弐分づゝ。入不申候はゝ、重《かさね》て此方へ可被下《くださるべく》候。くるしからず候。いろ〳〵板行申候。
たよりニ又々遣し可中上《まうしあぐべく》候。俳諧の本、去月迄《まで》ニ七つ迄遣し申候。

「私すき申候近年之付合、板行申候」と記される俳書は、流行の付合五百組を集めた西鶴編の付句集『俳諧物種集』（延宝六年九月刊）をさす。つまり、『物種集』を二部送ったが、値段は一部銀一匁《もんめ》二分《ふん》である。必要なかったら返送してくれという内容の手紙である。先月までに七部の俳書を送ったという文面もみられるから、西鶴は、たびたび俳書を知足に売り込んでいたことがわかる。

知足は、西鶴から送られてきた俳書を、どのように処理したのだろうか。

延宝八年四月末頃の書簡で、知足の母と妻とが熱田の俳諧師桐葉《とうよう》を訪問するというので、桐葉が知足にあてた手紙がある。

御袋様御内方様久々ニて御越被遊《あそばされ》候所、早々御帰残念之至奉存《ぞんじたてまつり》候。然《しかれ》ば、大坂西鶴千句二冊、
付合一冊為御持被下《おもたせくだされ》候。（一行欠）先《まづ》留置申候。取申候衆御座候はゞ、遣し可申候。

知足の母・妻の来訪の折、ついでに西鶴の千句二冊と付合一冊を持たせてくれれば、熱田に留め置

いて、もし欲しい人がいたら売ってあげようという文面である。さらに、延宝八年の『知足日記』には、「四月二十七日曇ル七つ過より雨降　母おかめ宮（熱田神宮）へ参。山崎ニ泊被申候。七佐（桐葉）へ千句弐札百文づつ、付合一札弐百文。」と記されるので、知足が俳書につけた値段がわかる。日記と書簡にでる「千句」は、延宝七年十月八日に西鶴らが興行した一日千句を、深江屋が出版した『飛梅千句』であり、「付合」は『物種集』をさす。

知足は、一部につき銀一匁二分で西鶴から送られてきた『物種集』を、銭二百文で売ろうとしている。銭四貫文・銀六十匁換算で計算すると、銭二百文はだいたい銀三匁に相当する。いわば本転がしのように、知足は銀一匁八分の利潤を見込んでいるわけである。

桐葉に販売が託された『物種集』がその後どうなったかというと、一か月たった同年五月の、桐葉の知足あて書簡に次のように書かれている。

先日は御老母様始而《はじめて》御越被遊《あそばされ》候所、早々残念之至奉存《ぞんじたてまつり》候。然ば、先日被下《くだされ》候俳諧之本、未《いまだ》何方へも聞不申《まうさず》候。付合一所へみせ置申候。望ニ候はゞ遣し可申候。一冊は御使へ返進仕《つかまつり》候。

『物種集』二部のうち、一部は今読んでいる人がいるが、もう一部は返すという文面である。同書簡の追伸には「尚々《なお〱》、乍過分《かぶんながら》、御袋様御内方様へも、宜《よろしく》御心得被遊可被下《あそばされくださるべく》候。胴骨、二葉集の儀、見申方ニ取申衆御座候はゞ、聞可申《まうすべく》候。以上」とあるので、西鶴のかかわった他の俳書も、知足から桐葉に販売が託されたらしい。

以上の資料から、俳書は俳諧の愛好者グループの間で、貸借や売買が行われながら流通していたことがわかる。前章で、西鶴の一日四千句独吟の矢数俳諧の報が、西鶴の書簡よりも早く知足にもたらされた事に言及したが、このように情報・俳書流通の、言わば俳諧ネットワークのようなものが形成されていた。

下郷家には、紀州家蔵屋敷名代、江戸買物問屋である大坂在住の日野屋庄左衛門の書簡が多く残されている。日野屋をはじめ、多くの商人との間の米相場などの情報交換網を使って、俳諧の最新情報もかなり速く伝わったのだろう。町人・富農層に俳諧が流行したのは、このような情報網に参加する実用的目的もあった。

元来、俳諧の撰集を編む場合には、撰者が見積もりを本屋に出させて、その見積もりから入集者一人あたりの負担金を計算し、入集者に本を配るというのが一般的である。大量販売される商品というよりは、今の同人誌に近い流通形態をとったから、『物種集』の例のように、値段はあってないようなものであった。したがって、深江屋太郎兵衛のような俳諧専門書肆が大坂にいたことを根拠に、寛文・延宝期の大坂に、商業主義的出版メディアが成立していたとは、必ずしも言えない。

むしろ、西鶴の方が、俳書出版・流通の常識を越えて、大坂に育ちつつあったメディアや俳諧ネットワークを積極的に利用しようとした傾向が強い。前述のように、『生玉万句』『俳諧独吟一日千句』『哥仙大坂俳諧師』『俳諧大坂歳旦』などの西鶴の初期俳書は、話題性を強く意識した出版書である。版元不明だが、延宝四年十月の西鶴自序を付す『古今俳諧師手鑑《てかがみ》』も、(荒木田)守武・(山崎)宗鑑から(松永)貞徳・(西山)宗因に至る二百四十六枚の短冊を模刻したもので、特大本の俳人手鑑として類のないものであった。西鶴の主導する矢数俳諧にしてもショー的要素がきわめて旺盛であった。このように、西鶴の俳書出版は、多数の読者を対象にする姿勢が際立っている。

創業期の大坂書肆に、商業主義的俳書出版を持ち込んだのは、ほかならぬ西鶴ではなかっただろうか。

Ⅱ　出版メディアの利用

西鶴と「出版ジャーナリズム」

昭和三十年代に、西鶴文学の本質にかかわる問題として「出版ジャーナリズム」がさかんに論究された。当時このテーマを論じた暉峻康隆・野間光辰・金井寅之助諸氏の研究方法を簡単にまとめると、西鶴の主体的創作活動が、「出版ジャーナリズム」の中で、商品という疎外形態をとる、すなわち読者に迎合したり、時事性をとりいれる姿勢が生じ、創作内容が商品としての制約を受けざるをえない、そういう立場での研究であった。

つまり、読者を意識することと、作者の主体的創作活動とを対立的にとらえることを前提として、あたかも現在の出版商業主義と流行作家との関係と同じように、当時の出版メディアと西鶴とが論じられた。

昭和三十年代の研究の問題点の一つは、今まで述べてきたように、京都に比べて創業の遅れた大坂の出版機構が、少なくとも貞享以前については、「出版ジャーナリズム」を形成するほどの実力をもっていたのか疑わしいことである。もう一つの問題点は、西鶴は確かに読者を意識しながら創作活動を続けるけれども、それが「出版ジャーナリズム」という、西鶴の主体的創作意識以外の外的要因で説明することが妥当かどうかということであろう。

寛文十三年の『生玉万句』の興行から延宝八年の一日四千句独吟の成就にいたる、西鶴三十二歳から三十九歳までの俳諧活動には、出版メディアが西鶴の主体性を制約したという徴候はない。前節で述べたように、大坂書肆の俳書出版に商業主義を持ち込んだのは、むしろ西鶴であった。

周知のように、天和二年十月刊『好色一代男』から西鶴の浮世草子執筆が始まった。荒砥屋《あらとや》孫兵衛可心《かしん》という、西鶴の門人を版元にした『一代男』の出版経緯は、『生玉万句』『俳諧独吟一日千句』『俳諧大坂歳旦』を、出版実績のない板本安兵衛に刊行させたのと、同じような事情があったと考えられる。俳書と異なり、商品として流通した浮世草子の場合には、書肆の意向が作品に反映する場合が多い。詳しくは第三章以降で述べるが、西鶴作品の版元に、京都や江戸の経験豊かな書肆が加わってくると、本屋のもたらす情報が西鶴の創作意識に影響を与えた可能性が高い。しかしながら、多数の読者を獲得しようとする、その意味では商業主義的な創作姿勢は、「出版ジャーナリズム」に強いられたものではなく、西鶴が当初からもっていたものであった。

西鶴の浮世草子執筆と出版も、その俳諧活動と同じ意識で行われたという観点から、作家西鶴と「出版ジャーナリズム」を論じなおす必要があるのではないだろうか。

西鶴の絵俳書出版

前章で述べたが、『哥仙大坂俳諧師』は、初撰本・再版本ともに西鶴が三十六人の俳諧師の肖像を画いた。これが大坂の絵俳書出版の最初となる。西鶴は、延宝九年（一六八一）から天和二年（一六八二）にかけての二年間に、同じような俳書四部の絵筆をとった。

延宝九年三月　大坂紅葉菴斎藤賀子編『山海集』（大坂板木屋伊右衛門刊）
天和二年正月　大坂土橋春林編『俳諧百人一句難波色紙』（大坂深江屋太郎兵衛刊）
天和二年四月　大坂松水軒紙谷如扶編『俳諧三ケ津』（大坂深江屋太郎兵衛刊）
天和二年四月　大坂梅林軒風国編『高名集』（大坂深江屋太郎兵衛刊）

『山海集』は、『哥仙大坂俳諧師』の十八人の俳諧師を、延宝期に入って活躍のめざましい惟中・来山・旨恕らの新進俳諧師にかえ、その発句の筆跡を模刻する。句意に応じた絵を配した点が、上畳《あげだたみ》の歌仙絵型式をとった『哥仙大坂俳諧師』と相違する。巻頭、左座に梅翁（西山宗因）、右座に大坂俳壇の長老保友、そして巻軸左座に編者の賀子、右座には西鶴（「大ふりや修行者埋む炭かしら」）を配した。

さらに、『俳諧百人一句難波色紙』では、大坂俳諧師九十八名の発句に絵を添えた色紙と画像とを収録した。春林《しゅんりん》序に「ある雪の夜、西鶴のもとにたづねて（略）この津はつけあひも早船のより所、作者数を覚ず。この百人はおぼえて、そのかたちをしるし、一句をとめて、南窓の袖壁に残されしを、この春のなぐさみに、是を開板するものならし。」と記すように、西鶴は、この俳書の編集にもかかわっていた。巻頭は「西山梅翁（宗因）」、巻軸には「難波西鶴」（「烏賊の甲や我か色滴す雪の鷺」）を載せる。大脇差を差した法体姿の西鶴自画像は、この頃の面影をよく写した肖像として有名である

（91ページ本章扉参照）。

以上の二書は、大坂の俳諧師を収録したが、『俳諧三ケ津』は京・江戸・大坂の著名な俳諧師三十六人の発句と句意に応じた絵を配した。梅翁・西鶴・保友・意朔ら大坂十三人、桃青（芭蕉）・才麿・松意らの江戸俳人十一人、京は西武・梅盛・季吟ら十二人の合計三十六人の俳諧師が選ばれた。冒頭には、序の延長で撰者の「松水軒如扶」が載るが、実質的には二番目の「西山梅翁」が巻頭に位置する俳諧師である。巻軸に「難波西鶴」（「大晦日定めなき世のさため哉」）を置くのは、他本と同様であった。

『高名集』は、京・江戸・大坂の俳諧師四十一人のほか、他国の作者二十五人の句と挿画を載せた。例によって、巻頭は「西山梅翁」、巻軸は「難波西鶴」（「鯛は花は見ぬ里もありけふの月」）が置かれた。

以上の、西鶴画の四部の俳書は、巻頭に宗因、巻軸に西鶴をすえている点が共通する。撰者は西鶴ではないが、天和二年刊行の三部が、いずれも西鶴と関係浅からぬ深江屋太郎兵衛から上梓されたことからみても、これらの俳書の編集・刊行に、西鶴が関与していたことは確実である。

『生玉万句』以降の、西鶴の俳諧活動は、宗因の盛名に便乗し、自己宣伝につとめるきらいがあった。そのためにか、延宝八年の歳旦に「西山梅翁跡目」と書いた岡西惟中と微妙な関係にあったことは前述した。絵俳書刊行にかかわった西鶴の意図は、宗因の後継者として、自分を俳壇に強く印象づけることにあったとはいえないだろうか。あえて、撰者を別にたて、巻頭に宗因、巻軸に西鶴をすえる配置は、そのために意識的に行われたものであろう。

宗因は、天和二年三月二十八日に逝去した。まさに宗因死去の前後に、たてつづけにこれらの絵俳書が出版されたのであった。西鶴が出版メディアをこのように利用したこと、特に、絵の効用を熟知していたらしいことは特筆すべきである。次章で詳述するが、宗因の死んだ年、天和二年十月に刊行された『好色一代男』の挿絵も西鶴の筆になる。この挿絵は、俳諧の見立て・ヌケ・あしらいなどの付合技法を絵画化したような、従来の仮名草子には見られない斬新なものであった。メディアとしての絵に、西鶴は早くから着目していたのだ（序章三節「挿絵のメディア」参照）。

俳諧師西鶴の挫折

西山宗因の死去前後の、西鶴画の絵俳書の刊行が、西鶴の目論見《もくろみ》どおり成功したかどうかわからない。宗因は、天満宮連歌所宗匠を息子の宗春《そうしゅん》に譲るが、俳諧の後継者を指名しなかったようである。点者の免許状を貞徳が出すのを原則とした貞門と異なり、談林では、宗因が門人に伝授を行ったわけではないので、宗因は「跡目」に無頓着だったと思われる。生前も、宗因は俳壇に恬淡《てんたん》とした態度で臨んでいた。

前述のように、西鶴はこの年の十月に浮世草子『好色一代男』、翌年正月に役者評判記『難波の顔は伊勢の白粉《おしろい》』を刊行する。両書のジャンルは異なるが、画は西鶴、版下は水田西吟が書き、俳諧的文章とでも言えるような独特な文体が採用されている点が共通する。後者は巻二・三しか伝存せず、刊記は未詳だが、恐らく同じ版元から上梓されたのであろう。

俳諧から散文へ創作活動を広げたことをもって、西鶴の「転向」と評する論もあるが、私にはそう思われない。ちょうど俳文のように、両書は談林俳諧の理念と発想のもとで執筆されている。まだこの時期の西鶴には「宗因跡目」の強い自負があった。

天和三年三月二十七日、宗因一周忌にあたり、西鶴は九人の俳諧師と、宗因の「詠むとて花にもいたし首の骨」を発句に、脇起し追善百韻を興行した。この興行は、末尾に西鶴筆の「俳諧本式目」を添えて深江屋太郎兵衛から刊行された。その序文によれば、北峯正甫の画く宗因肖像に書き添えられた「詠むとて」の句を発句に、西鶴・西吟・春林・西長・西戎・西毛・西和・西虎・武仙の連衆が百韻を巻いた。奇妙なことに、談林の総帥宗因の一周忌追善興行のわりには、出座の俳諧師がきわめて少ない。惟中はともかく、西鶴と親交のあった由平、来山、旨恕、友雪、賀子らさえ出座していない。法要追善の行われた南見庵も、遊山客相手の客庵にすぎなかったようだ。したがって、宗因の後継者をめざして、出版メディアを駆使した西鶴のアピールは、結局失敗に終わったことになる。

延宝七・八年頃に流行のピークに達した観のある、西鶴らの「軽口」の俳諧が、すでにこの頃には流行遅れになりつつあった。漢詩文調の俳諧や、貞享末・元禄初期の景気付けの流行などの新しい俳諧の潮流があらわれつつあったのだが、西鶴は、相変わらず矢数俳諧の記録刷新にたよって俳壇制覇を夢みていた。

延宝八年（一六八〇）の西鶴大矢数四千句独吟のあと、椎本才麿《しいのもとさいまろ》が、ほぼ同じ時期に江戸浅草で一万余句の独吟に成功する。また芳賀一晶《はがいっしょう》も天和二年（一六八二）頃、一万三千五百句の矢数俳諧を行ったようだ。が、両者の記録は現存しない。

元禄四年（一六九一）、京都西村市郎右衛門の刊行した池流亭坂上松春《さかがみしょうしゅん》撰『俳諧祇園拾遺物語』

には、江戸浅草の矢数俳諧について次のような記述がみられる。

ある人、予に語て云《いはく》、一とせ矢かず俳諧といふ物を思ひたちて、数韻独吟せしこと有。こゝのえにはあらぬ、武陽《ぶやう》の浅草堂形にして始む。文台を左右にまふけ、執筆ふたりにかゝしめ、左へ上の句を吟して、そのかく程に、右へ下の句をいひわたし、又左右と吟じかよはして、一日のほどに一万余句をつゞりたることあり。尤《もっとも》、心に指合をくり、春秋の出所をもらさず、五七五七七の文字をみださず、いひのゝしれば、当席はみづからも、天晴《あっはれ》興のあること哉と驕慢甚しく、きく人も凡慮のおよぶ所ならず、富楼那《ふるな》の化現か子貢の再来かなどつぶやく。（略）又の日、彼の巻々を取いで再吟するに、月の落たるおもて有。花のさかぬうらあり。（略）恋一句してやもめなる句あり。衣類かさなりて、古袖みせをみるやうなる所有。夜分のみにて、常闇《とこやみ》なる表あり。其外《その》、同字折合、俳言《はいごん》なし、たゞ指合《さしあい》ばかりにて、みるめも恥かしく、まき納て、人にも見せず成ぬ。（略）是を思ふに、よき句といふ物は、一句も大切なる物也と語られし。

引用文の「ある人」が椎本才麿だとは断定できないが、量と速吟を競う矢数俳諧の限界が的確に述べられている。その場では俳諧師も聴衆も興奮状態に陥るが、冷静になると式目作法の違反ばかりが目立ち、「よき句といふ物は、一句も大切なる物也」と反省される。

恐らく、このような評価が、当時の俳壇の一般的認識であったろう。が、西鶴は、自己の記録が破られたことに、異常な闘志を燃やした。

貞享元年（一六八四）六月五日、四十三歳の西鶴は、摂津住吉の社前で、一日二万三千五百句独吟を成就した。西鶴十三回忌追善集『こゝろ葉』（宝永三年刊）は、当日の様子を次のように伝える。

其日席ニアル者、高滝以仙・前川由平・岡西惟中・幾音・宗貞・元順・来山・万海・一礼・意朔・如見・旨恕・友雪・西鬼・豊流等東西ニ列座ス。（略）諸役人南北ニ居流レテ、魏々タル座配、古今稀有ノ俳席ナリ。

まさに「遠近ノ輩《ともがら》神前ニ群リ観ルコト堵《かきね》ノ如シ」という聴衆を前にした興行であった。『こゝろ葉』は「神誠をもつて息の根とめよ大矢数」の巻頭句を伝える。伊丹の柿衞《かきもり》文庫蔵の西鶴短冊では「住吉奉納／大矢数弐万三千五百句／神力誠を以息の根留る大矢数／二萬《ママ》翁」と記される。西鶴は「萬」ではなく「万」と書く場合が多いが、二万翁はこの矢数俳諧成就にちなんでつけられた西鶴の号である。また、平成二十二年に発見された真蹟短冊は「住吉奉納／弐万三千五百句／第一／神力誠を以息の根とむる大矢数／西鶴」という句形を伝える。残念ながらこの巻頭の発句以外は伝承しない。多分、一分間に十六句、三、四秒に一句の割合で吐き続けられた西鶴の速吟に、執筆《しゅひつ》の筆がついていけなかったのであろう。

驚異的な二万三千五百句独吟も、前述の理由から、西鶴の俳壇制覇の夢をかなえることができなかった。追随者を許さぬ空前絶後の記録は、文字どおり矢数俳諧の息の根をとめるに終わった。

四千句独吟の折には、鳴海の下里知足のもとにいち早く情報が伝わり、それが知足から熱田の桐葉に伝えられたことは前章で述べた。ところが、貞享元年の知足の日記をみても、二万三千五百句独吟にふれる記述がなく、この頃から知足の関心は、西鶴から芭蕉へ転換したようである。矢数俳諧は、すでに四年前のようなインパクトさえ喪失していたのだ。

此《この》ころの俳諧の風勢、気に入不申候ゆへ、やめ申候。嘉太夫ぶしの上るりに、うき世をなぐさみ申候。以上

貞享五年（一六八八）三月頃、真野長澄あてに出した西鶴のこの書簡は、悲痛でさえある。「今こそ江戸京も、私のぞみの俳諧に仕申候。是《これ》神力とよろこび申候。（略）近々に一日一夜に三千句のぞみに御座候。一笑〳〵。（延宝七年三月二十二日、下里勘兵衛〈知足〉あて）」「私大矢数之義、五月八日に一代之大願、所は生玉に而《て》、数千人の聞に出、俳諧世にはじまつて、是より大きなる事有まじき仕合（延宝八年六月二十日、下里勘州〈知足〉あて）」など、得意絶頂にあった四千句独吟前後の西鶴の手紙の口調と対照的である。

右の書簡にいう「此ころの俳諧の風勢」とは、次のような傾向の俳諧であった。

先《ま》づ、多分は景気・うつり・心付を詮《せん》として、あまたたび味《あじは》ひ大やりにし給ふべからず。（『俳諧祇園拾遺物語』元禄四年刊）

頃の当流と云は、やすらかにして、姿は古代に似たれ共《ども》、古《いにしへ》の付合、道具付又は四手付などせず

して、其《その》一句の心を味ひ、景気にてあしらひ、或は心付にて格別の物を寄、木に竹をつぎたる様なれども、心はひた〳〵と付様にせり。（『番匠童』元禄二年刊）

延宝期の談林の見立て・ヌケ・取成しを多用した機知に富む付合より、貞享末頃から「古代（連歌）に似た」景気付・心付のやすらかな連句が好まれるようになった。『俳諧祇園拾遺物語』に載る松春・未達の両吟を例にとると、

雨《あま》たゝき砌《みぎり》の石を舂《うすづ》きて
　芭蕉に曇る草庵の中《うち》
碁の相手秋こそ立て去《いに》にけり
　寝巻もぬけて月ぞ更ゆく

このように、雨に打たれる軒下の石に対して、芭蕉のしげった草庵の情景をつけるような景気付、あるいは「草庵の中」に対して碁を打つ友人が立ち去る（立秋との言いかけ）と付けるような疎句体の心付が流行した。心付は延宝期にもよく用いられたが、前句にあまり付きすぎないようにするのが元禄期の新しい傾向である。

一見連歌を思わせるような元禄初期の保守的俳風は、無心所着《むしんしょじゃく》（一句の意味のわからぬ句作り）のナンセンス連句を得意とした俳諧師たちの受け入れがたい流行だった。西鶴のみならず、貞門から

「伴天連社《ばてれんしゃ》」と罵倒された京談林の代表作者菅野谷高政《すがのやたかまさ》も、貞享・元禄期には、ほとんど俳諧から遠ざかる。元禄五年正月刊『本絵雛形』という着物柄のデザイン集に「洛下俳林高政」と署名した序文を寄せるぐらいが、確認できる唯一の著述である。

高政と異なり、貞享期には浮世草子執筆に専念していた西鶴は、元禄二年を境に俳諧活動を再開した。

（元禄二年）十一月、序末に「難波俳林二万翁」、奥書に「難波俳林　松寿軒　西鶴」と署名した『俳諧のならひ事』を書く。

（元禄三年）二月、上島鬼貫《おにつら》主催の「鉄卵懐旧百韻」に、椎本才麿・小西来山らと出座する。

九月、加賀田可休『俳諧物見車』刊。この本は西鶴らの点者の評点を公刊したもので、意図的に点者の誤判を仕組むところがあった。

十月、島順水・椎本才麿・武村万海らと四十四《よよし》一巻興行。

十一月、鳴門見物の際、萩野律友・富松吟夕らと俳諧。

十二月、京で、北条団水と両吟歌仙二巻を試みる。

（元禄四年）春、高野山の僧、如雲・知月らの五吟百韻一巻に引点。奥書に「難波俳林　二万翁」と署名。

八月、『俳諧石車』を著し、可休の『俳諧物見車』に反駁する。

八月、斎藤賀子撰『蓮実』成る。賀子との両吟歌仙、万海・轍士を加えた四吟歌仙などが載る。

八月、忠安・直翁らの前句付に加点。

十二月、歌水・艶水両吟歌仙一巻に引点、巻末に「難波俳林二万翁」と署名する。

冬、山太郎という者が、独吟歌仙に西鶴の判を乞い、これを批判する。

（元禄五年）正月、播州法雲寺の僧春色の『俳諧わたまし抄』に跋文を寄す。

五月、信州高島城主諏訪忠晴（露葉）の旧作「江戸点者寄合俳諧」に、前川由平とともに批点を加える。

八月、秋田佐藤俊敬編『詩歌聞書』に、西鶴点付合十組、発句四句が載る。

秋、紀州熊野に遊び、独吟百韻一巻を成す。各句に自注を加え、挿絵を画く。

（元禄六年）正月、『前句諸点難波みやげ』刊。「松寿軒西鶴翁点墨」前句付などを収める。

以上のように、晩年の五年間、西鶴は点者として活躍する。点評には「難波俳林二万翁」という署名がしばしば用いられた。矢数俳諧の覇者、俳諧宗匠としての矜持《きょうじ》を、西鶴がもちつづけたことの証左であろう。

西鶴の俳諧活動のピークが延宝七・八年前後にあったとしても、元禄六年八月に没するまで、彼は俳諧師としての生涯を全うしたのであった。

郵 便 は が き

料金受取人払郵便

神田支店
承認

3455

差出有効期間
平成 25 年 2 月
6 日まで

101-8791

504

東京都千代田区猿楽町 2-2-3

笠間書院 営業部 行

■ 注 文 書 ■

◎お近くに書店がない場合はこのハガキをご利用下さい。送料 380 円にてお送りいたします。

書名　　　　　　　　　　　　　　冊数

書名　　　　　　　　　　　　　　冊数

書名　　　　　　　　　　　　　　冊数

お名前

ご住所　〒

お電話

読　者　は　が　き

●これからのより良い本作りのためにご感想・ご希望などお聞かせ下さい。
●また小社刊行物の資料請求にお使い下さい。

この本の書名＿＿＿＿＿＿＿＿＿＿＿＿＿＿＿＿＿＿＿＿＿＿＿

本はがきのご感想は、お名前をのぞき新聞広告や帯などでご紹介させていただくことがあります。ご了承ください。

■本書を何でお知りになりましたか（複数回答可）

1. 書店で見て　2. 広告を見て（媒体名　　　　　　　　　　　）
3. 雑誌で見て（媒体名　　　　　　　　　　　）
4. インターネットで見て（サイト名　　　　　　　　　　　）
5. 小社目録等で見て　6. 知人から聞いて　7. その他（　　　　　　　　　　）

■小社 PR 誌『リポート笠間』（年 1 回刊・無料）をお送りしますか

はい　・　いいえ

◎上記にはいとお答えいただいた方のみご記入下さい。

お名前

ご住所　〒

お電話

ご提供いただいた情報は、個人情報を含まない統計的な資料を作成するためにのみ利用させていただきます。個人情報はその目的以外では利用いたしません。

第三章　浮世草子の成立

天和二年刊『好色一代男』巻一の三、
十丁表の挿絵。（早稲田大学図書館蔵）

Ⅰ 『好色一代男』の俳諧

天和二年の西鶴

天和二年（一六八二）は、三月二十八日に逝去した西山宗因の後継者をめぐって、大坂の俳諧師の思惑が交錯した年であった。西鶴はその渦中で、大坂の俳諧書肆深江屋太郎兵衛に、自分を巻軸にすえた三部の絵俳書『俳諧百人一句難波色紙』『俳諧三ケ津』『高名集』を上梓させたことは前述した（103・104ページ参照）。出版メディアを利用した西鶴の積極的な戦略である。

ところで、この年の正月三日に差し出したと推定される、下里勘兵衛（知足）あての書簡は次のようなものであった。▼注①

（前欠）承度奉存候。爰元《ここもと》之発句帳壱冊進上申候。めづらしき事もあらず候。京も其通に御座候。私もやう〱古き浦嶋を、新しく仕《つかまつり》申候。世間に沙汰仕、少じまんに奉存候。一笑〱。いかゞ御聞可被下《くださるべく》候。武州心ざしの事、是非此《この》春に極申候。其《その》時分緩々《ゆるゆる》と俳承可申上候。恐々謹言。以上

正月三日　　西鶴（花押）

下里勘兵衛様

文中の「発句帳」とは、この年の歳旦帳のことで、「古き浦嶋を、新しく仕申候」は、天和二年の歳旦発句「雛箱《しわばこ》や春しり顔にあけまい物」（天和二年正月刊『犬の尾』所収。短冊二点と自画賛がある）をさしている。他の下里勘兵衛（知足）あての書簡と同様、話題は俳諧に終始している。文面からは、油ののりきった俳諧師西鶴の、やや得意気な様子がうかがわれよう。

天和二年の西鶴の俳諧活動が旺盛なことを強調したのは、遅くともこの年の後半期までには、西鶴は『好色一代男』と役者評判記『難波の顔は伊勢の白粉《おしろい》』を、書き始めていたと考えられるからだ。散文の執筆は、俳諧活動の挫折を動機にしたものではなかった。

なぜ、西鶴が天和二年、四十一歳になって俳諧以外の分野に活動を広げたのか、結局わからない。矢数俳諧の記録更新にみる彼の資質が散文に向いたものであることは、しばしば指摘されるが、何度か繰り返したように、西鶴自身は生涯を通じ、俳諧師としての誇りをもちつづけた。谷脇理史《たにわきまさちか》氏が述べるごとく「俳諧に訣別するつもりも、その形式という制約を散文によって超克しようとする自覚などもなく、すこぶる気らくに書きはじめた」▼注②のかもしれない。が、動機はともあれ、『好色一代男』刊行に至る西鶴の配慮は周到であった。私は、俳壇の注目を浴びている西鶴が、気楽に書きなぐった散文を、無邪気に上梓するはずがないと思う。浮世草子、▼注③役者評判記という新しいジャンルへの西鶴の挑戦は、大坂の出版メディアを熟知しているがゆえに、緊張と計算とをともなったものではなかっただろうか。

注①▼森川昭氏「西鶴第七書翰をめぐって」(『連歌俳諧研究』79　一九九〇・八)
注②▼谷脇理史氏『元禄文化西鶴の世界』(教育社　一九八二)
注③▼「浮世草子」は文学史用語で、当時の呼称ではないが、以下、西鶴の小説類を「浮世草子」と呼ぶ。

『好色一代男』の刊行

『好色一代男』大本(美濃判を半折、袋綴《ふくろとじ》した大型の本)八冊は、「天和二壬戌年陽月(十月)中旬」に「大坂思案橋荒砥屋《あらとや》孫兵衛可心《かしん》」という版元から上梓された。この版元については、本業は本屋ではなく、大坂思案橋の砥石問屋で、俳号を可心と称したのだろうという野間光辰氏の推測があるが、それ以外のことは未詳である。▼注①

版下を書いた水田西吟《みずたさいぎん》は、跋文で本書の成立事情について次のように述べた。

或時、鶴翁(西鶴)の許《もと》に行て、秋の夜の楽寝《らくね》、月にはきかしても、余所《よそ》には漏ぬ、むかしの文枕と、かいやり捨られし中に、転合書《てんがうがき》のあるを取集て、荒猿《あらまし》にうつして、稲臼を挽《ひく》、藁口鼻《わらがか》に、読てきかせ侍るに、嫁謗田《よめそしりだ》より鬩《かけ》あがり、大笑ひ止ず、鍬《くわ》をかたげて、手放つぞかし。

跋文を文字どおりとれば、『好色一代男』は、当初出版を意図しない、西鶴の「転合書(いたずら書き)」にすぎなかったことになる。この作品が最初から現在のような形に書きおろされていたのか、それとも草稿群が改稿されて出版されたのかという点では見解の対立があるが、西鶴の出版意図を否定するのが現在の通説である。私は、この点にまず疑問をもつ。

前章で述べたように、西鶴の俳書出版は、きわめて積極的であった。『生玉万句』の刊行以来、読者を念頭に置いた企画力で、出版経験の浅い大坂書肆を引っ張ってきた。その西鶴が、浮世草子を初めて出す段階になって、俳諧をたしなむ読者を意識せず、本が売れるか売れないかさえ考えないで『一代男』を出版することがありえるのだろうか。

問題は、西吟跋文の解釈にある。私は常々疑問に思うのは、『好色一代男』の本文については自由な読み方をする研究者も、跋文になると、逐語的に事実をたどろうとする傾向があることだ。西吟の跋文は、文体をみれば明らかなように、浮世草子というよりは、まさに俳書の跋文である。俳書の序跋には、一種の謙辞や修辞がちりばめられることが多い。たとえば、天和二年正月刊『俳諧百人一句難波色紙』の土橋春林《どばししゅんりん》の序は「我此道に数寄《すき》いりて、ある雪の夜、西鶴のもとにたづねて（略）この津はつけあひも早船のより所、作者数を覚ず。この百人はおぼえて、そのかたちをしるし、一句をとめて、南窓の袖壁に残されしを、この春のなぐさみに、是を開板するものならし。」と書かれる（103～104ページ参照）。これを言葉どおり解釈すると、西鶴庵の南窓の袖壁に置いてあった、西鶴自画自筆の肖像と発句の書かれた色紙百枚（実際は九十八枚）がそのまま出版されたということになる。春林の序文から、肖像を画き、百人の俳諧師の人選にかかわったのが西鶴であることを読みとる必要はあるが、実際に百枚もの大量の色紙が南窓の袖壁に積んであったかどうか断定できない。常識的にはそんなことはしないであろう。

同じように、『好色一代男』の跋文に書かれる「余所《よそ》には漏ぬ、むかしの文枕」や「転合書」を文字どおり解釈すべきではなく、作者西鶴の謙辞とみるべきではないか。恐らく西鶴の意向を受けた門人の西吟が、「大笑ひ」「転合書」等の語句を用いたのは、談林俳諧の「軽口・大笑ひ」の理念に対応させたのであって、西鶴が読者や出版を意識しなかったと解釈する必要はないと思う。

『好色一代男』は『源氏物語』五十四帖に倣《なら》い、五章立ての巻八を除く各巻を七章ずつとって全八巻五十四章から構成される。版下は西吟、挿絵は西鶴が画くが、各章について本文が二丁半（五頁）、挿絵半丁（一頁）の一定の丁数が全巻に一貫する。したがって、この本をひもとくと、各巻とも挿絵の位置が同じになる。どの巻を開いても、四丁表・七丁表・十丁表・十三丁表・十六丁表・十九丁表・二十二丁表（最終巻は五章なので最後の二面の挿絵を欠く）に挿絵がくる。また、当時の仮名草子・浮世草子によく見られる飛丁《とびちょう》（丁付の錯誤）が全くない。これは、恐らく入念に推敲、浄書された版下と挿絵とが、言わば完全原稿の状態で版元に渡されたからではないだろうか。さらに、どこか素人っぽさの感じられる西鶴の初期俳書に比べて、彫りや刷りの状態、装幀にも雲泥の差がある。一言で言うなら、『一代男』はプロの職人の手になる造本である。

本書しか出版書の確認できない荒砥屋は専門の本屋とは考えられない。この版元の住所は大坂であるが、本そのものは仮名草子出版の実績をつんだ京都で作られたという説も提起されている。状況証拠から考えると、その可能性が高いであろう。ただ、上方版と江戸版とは、題簽《だいせん》や版面、紙を比較すれば、一目瞭然に区別がつくのだが、当時の大坂版と京都版との書誌的相違が明確には判別しがたいので、まだ断定はできない。いずれにしろ、大坂の版元が初めて手がけた絵入りの小説が、きわめて完璧な出来映えであったことに、西鶴の本書出版にかけた強い意気込みが感じられるのだ。

西鶴画の俳書三部を、この年に出版している深江屋は、俳諧というジャンルを越えた西鶴の企画力のすさまじさを、実は嫌ったのではないだろうか。『一代男』は、通説のように俳諧師仲間への配り本ではない。西鶴の当初想定した読者が俳諧師であったにしても、たくさん売ろうという意欲が強すぎたために、逆に俳書出版を専らにする深江屋のような老舗の書肆から、その投機性が敬遠されたと考えるべきだと思う。

『好色一代男』が素人本屋の荒砥屋から刊行されたのには、以上の理由があったと私は推測する。

注①▼野間光辰氏「西鶴と西鶴以後」(『岩波講座日本文学史』10　一九五九)

「好色」と「色好み」

『好色一代男』の書名は斬新、というよりいささか奇妙でさえある。「一代男」は、一代きりの男、子孫を残さぬ男の意味である。書名に「好色」をつけた例は、本書刊行の数か月前に出版された『好色袖鑑《そでかがみ》』があるが、従来の仮名草子とかわらない内容のこの本が西鶴に影響を与えたとは考えられない。

「好色」も、子孫を残さないことも、幕府が保護、普及につとめた朱子学では、言うまでもなく罪悪である。実際、本書出版以降、「好色何々」と題する本が流行した。西村市郎右衛門、山本八左衛門（山の八《やつ》）、桃林堂蝶磨《とうりんどうちょうまろ》らが執筆した「好色本」には煽情《せんじょう》的描写が目立つものもあり、『好色一代男』と同じレベルでは論じられない。が、その種の草子の流行、特に西川祐信が画いた春本の流布に対し、幕府は享保七年（一七二二）の江戸町触れと翌年の京・大坂町触れで「一、唯今迄《まで》有来候板行物之内、好色本之類は、風俗之為にも、不宜儀《よろしからざる》に候間、段々相改、絶板可申付候事」と、弾圧を明文化する。少なくとも『好色一代男』という書名は、西鶴の意図にかかわらず、一種の「毒」をはらんでいた。

当時の読者、とくに俳諧師達は、この書名にどういうニュアンスを感じとったのだろうか。かつて潁原《えはら》退蔵氏は、書名に「好色」を初めて冠したのは浮世絵師菱川師宣《ひしかわもろのぶ》の絵本で、「世人はこの『好色』の文字に師宣の絵画の匂を濃く感じたにちがいない」と述べた。▼注① しかし、例示された三部の絵本『好色伽羅《きゃら》枕』『好色物語』『好色吉原春駒』の書名が初版時のものか確定されておらず、好色本の流行に便乗した改題の可能性も残るし、また江戸版のこの種の秘画集が、どの程度上方で流布していたかにも問題がある。したがって『好色一代男』を初めて目にした読者が、「好色」という語から、師宣の絵本をイメージしたと即断はできない。

むしろ、すくなくとも俳諧に熟達した読者にとっては、在原業平や光源氏に代表される古典世界の「色好み」と同じ意味で、「好色」が理解されていたと考えなければならないのではないか。

たとえば、連歌書ではあるが、その辞書的性格から、古活字版や整版が俳諧師にもよく利用された『藻塩草《もしおぐさ》』（永正十年〈一五一三〉頃成立）には、

> たはふれをとわれは聞つるをやどかさずわれをかへせりおそのたはれを　此《この》たはれをは好色なり。おそとはきたなしと云《いふ》詞也《なり》。いろこのみときけどわれをとゝめず。きたなきいろこのみとよ

める也。

と記述される。この用例の注では、「戯男《たはれを》」を「好色」「いろごのみ」の両語に言いかえている。付合語集『類船集《るいせんしゅう》』(延宝五年〈一六七七〉序)の「平仲《ヘイチユウ》の泪は好色のあまりか」(「虚言」の項)の「好色」も、王朝的美意識にささえられた「いろごのみ」と同義であろう。

また、当時流布した『源氏物語』注釈書『湖月抄』(延宝三年〈一六七五〉刊)の頭注や傍注にも、「好色」という語がたびたび用いられている。一例をあげれば、「帚木《ははきぎ》」の巻の頭注には「弄花抄《ろうかしょう》)源氏の君の好色は、在中将などのふるまひには替りて、上は実を立て、下にはすき給ふ也」とある。本文の「かゝるすきごとゞも」は「箋(岷江入楚《みんごうにつそ》)この詞より好色の事をいふ」と説明される。もちろん、右で引用される『弄花抄』や『岷江入楚』は近世に成立した注釈書ではないが、『湖月抄』を必読書とした当時の俳諧師達には、このような語感が踏襲されたことであろう。

以上のように、儒教的観点から否定的な使い方をされる場合をのぞけば、「好色」は「色好み」と同じ意味に使われており、『好色一代男』の刊行時にも、業平や光源氏のイメージが、この語にともなったと思われる。したがって本書の主人公「世之介」は、『源氏物語』や『伊勢物語』の主人公のパロディであるということが、書名そのものに暗示されていることになる。このことを前提にするからこそ、遊里を舞台にした世之介の「好色」が、雅俗の落差によっておこる俳諧的笑いを読者にもたらしたのであった。

注①▼潁原退蔵氏「西鶴用語考」（『川柳雑俳用語考』岩波書店　一九五三）

俳諧の貴公子「世之介」

明《あく》れば七歳《さい》の。夏《なつ》の夜《よ》の。寝覚《ねざめ》の枕《まくら》をのけ。かけがねの響《ひゞき》。あくびの音《をと》のみ。おつぎの間《ま》に。宿《と》直《のゐ》せし女。さし心得《こゝろえ》て。手燭《てしよく》ともして。遥《はるか》なる廊下《らうか》を轟《とゞろ》かし。ひがし。北の家陰《やかげ》に。南天《なんてん》の下葉《ば》しげりて敷松葉《しきまつば》に。御しと。もれ行て。お手水《てうず》の。ぬれ縁《ゑん》ひしぎ竹の。あらけなきに。かな釘《くぎ》の。かしらも御こゝろもとなく。ひかりなを。見せまいらすれば。其火けして。近《ちか》くへと。仰《おほせ》られける。御あしもと。大事がりて。かく奉《たてまつ》るを。いかにして。闇《くら》がりなしてはと。御言葉《ことば》をかへし申せば。うちうなづかせ給ひ。恋《こひ》は闇《やみ》と。いふ事をしらずやと。仰られける程《ほど》に。御まもりわきざし持《もち》たる女。息《いき》ふき懸《かけ》て。御のぞみに。なしたてまつれば。左《ひだり》のふり袖を。引たまひて。乳母《うば》はいぬかと。仰らるゝこそ。おかし。是をたとへて。あまの浮橋《うきはし》のもと。まだ本《ほん》の事《こと》も。さだまらずして。はや御こゝろざしは。通《かよ》ひ侍ると。つゝまず。奥《おく》さまに申て御よろこびの。はじめ成べし。

難解な文章かもしれないが、『好色一代男』の初章「けした所《ところ》が恋《こひ》のはじまり」の一部分を、濁点を補い、原文どおり翻刻した。句読点は、原文では黒丸になっている。目録には、「七歳／けした所《ところ》が恋《こひ》はじめ／こしもとに心ある事」と記される。

引用した場面は、七歳の世之介が、深夜小用に立ったついでに、腰元をくどいたところである。このように要約してしまうと、たわいのない話なのだが、当時の読者には、どこがおかしかったのだろうか。

まず、古典のパロディ。前述のように、『好色一代男』は『源氏物語』五十四帖に倣《なら》う。目録と本文で、世之介の七歳という年齢が強調されるのは、光源氏七歳の読書始《ふみはじめ》（桐壺）をふまえるからである。読書始ならぬ世之介の「恋はじめ」、このように雅を俗におとす手法は、談林俳諧でしばしば用いられる笑いの仕かけであった。

「好色一代男』（早稲田大学図書館蔵）より。

この場面をうつした西鶴の挿絵は、「遥なる廊下」が欄干のついた橋のように画かれている。

世之介の「恋はじめ」は、「あまの浮橋のもと云云」と、『日本書紀』神代巻に書かれる伊奘諾《いざなぎ》・伊奘冉《いざなみ》両神の「みとのまぐはひ」にたとえて言寿《ことほ》がれた。挿絵ではこの本文をうけ、廊下を天の浮橋に「見立て」たわけである（図参照）。

さらに、世之介は腰元を「恋は闇と。いふ事をしらずや」と言って口説《くど》く。「恋は闇」という諺は、恋する者は理性を失うというのがもともとの意味なのだが、世之介は「闇の方が恋をささやきやすい」という意味で、この諺をつかっている。同音の語句を他の意味に変えてしまう「取成し《とりなし》」に似た手法であろう。「見立て」も「取成し」も、俳諧ではよく使われる付合技法であった。

右の文章の前には、世之介の生立《おいたち》が描かれている。父親夢介は「浮世《うきよ》の事《こと》を外になして、色道《しきだう》ふたつ（男色・女色）」に明け暮れる〝かぶき者〟（66〜69ページ参照）、母親は身請《みう》けされた遊女であった。〝かぶき者〟と遊女との間の子でありながら、世之介の行為には、しつこいほど敬語が用いられている。オシッコをするという尾籠《びろう》な行動さえ、「御しと。もれ行て」ともったいぶって表現される。これは、俗な行為を雅文体で表現することによって起こる笑いをねらったからであるが、西鶴は、世之介に光源氏や業平のおもかげを付し、貴公子であるかのように造型した。そのために生じた文体でもある。

世之介の寝室の「おつぎの間《ま》に。宿直《とのゐ》せし女」が控えているのも、当時の町人生活にはありえない、物語的な虚構である。恋心にめざめた世之介は「次第に。事つのり日を追《お》つて。仮《かり》にも。姿絵《すがたゑ》の。おかしきをあつめ。おほくは文車《ふぐるま》も。みぐるしう。此菊《このきく》の間《ま》へは。我よばざるもの。まいるなど、。おかたく。関《せき》すえらるゝこそ。こゝろにくし。」と、姿絵（美人画）を人知れず収集しだした。この箇所は、『伊勢物語』五段の「関守」と『徒然草』七十二段の「多くて見苦しからぬは、文車の文」をもじっていることは言うまでもない。世之介が書籍のかわりに美人画を積んだ文車《ふぐるま》（車のついた本棚）は、江戸時代には公家以外にはすでに使用の絶えた家具であった。

このように、世之介は、古典世界の貴公子を俳諧の発想から当世化した主人公なのである。

次章「はづかしながら文言葉《ふみことば》」で、八歳の世之介が、手習いの師匠にラブレターを代筆させて、結婚適齢期の従姉におくる。この章は、『太平記』二十一の、高師直《こうのもろなお》が兼好法師に艶書を代筆させ、塩《えん》治《や》判官の妻に渡したという話のパロディになっている。「むかし宗鑑法師《そうかんほうし》の一夜庵《やあん》の跡《あと》とて。住《すみ》つゞけたる人の。滝本流《たきもとりう》をよくあそばしける程《ほど》に。師弟《してい》のけいやくさせて。遣《つかは》しけるに。」と記される手習いの師匠は、梵益《ぼんえき》という実在の俳諧師である。梵益は、山崎宗鑑の住んだ一夜庵を万治元年（一六五八）に再興した。西鶴は、兼好法師のおもかげを梵益に付し、あえて名前を隠したわけだが、このような手法は、談林俳諧のヌケと呼ばれる付合技法を用いたものであろう。

巻一の三「人には見せぬ所」では、九歳の世之介が、行水する女性を、遠眼鏡《めがね》でのぞく。

> 木下闇《このしたやみ》の夕間暮《ぐれ》みぎりにしのべ竹の人除《よけ》に笹屋嶋《さゝやしま》の帷子《かたびら》。女の隠《かく》し道具《だうぐ》を。かけ捨《すて》ながら菖蒲湯《しやうぶゆ》を。かゝるよしして。中居《なかゐ》ぐらゐの女房《にようぼう》。我《われ》より外《ほか》には。松《まつ》の声《こゑ》。若《もし》きかば。壁《かべ》に耳《みゝ》みる人はあらじと。ながれはすねの。あとをもはぢぬ臍《へそ》のあたりの。垢《あか》かき流《なが》し。なをそれよりそこらも。糠袋《ぬかぶくろ》にみだれて。かきわたる湯玉《ゆだま》。油《あぶら》ぎりてなん。世之介四阿屋《あづまや》の。棟《むね》にさし懸《かゝ》り。亭《ちん》の遠眼鏡《とをめがね》を取持《とりもち》て。かの女を偸間《あからさま》に見やりて。わけなき事どもを。見とがめ。ゐるこそをかし。（113ページ本章扉、挿絵参照）

九歳の子供ののぞきは、さすがに当時の読者の意表をついた趣向だったと思う。この章の前半で、世之介は両替町の「春日屋《かすがや》」へ商売見習いにやられるが、早速死一倍（親が死んだら倍金を返済するという違法金融）に手をつける、倫理・道徳に無頓着な早熟児として描かれた。

主人公を奇矯《ききょう》なキャラクターに設定する例は、仮名草子にも多い。藪医者竹斎（『竹斎』）、すりがらし坊主楽阿弥（『東海道名所記』）、鳩《はと》の戒《かい》（詐欺師）の浮世房（『浮世物語』）などである。特に、「嘘つき・へつらひ者・憶病者」の上に欲ふかい侍を父にもち、放浪の末、大名の「御咄の衆」になる浮世房は、いくばくかの影響を『好色一代男』に与えている。が、世之介と浮世房が相違するのは、世之介のエキセントリックな行動が、「好色」の一点からのみ描かれていることと、和歌・物語世界の色好みのパロディとなっていることである。本意・本情の言語体系に対する俳言《はいごん》のように、古典世界を視野に置くからこそ、世之介の奇矯な行為は卑しさに転化しない。

引用したのぞき場面も、『伊勢物語』初段の、春日の里で業平が垣根から姉妹をのぞく垣間見《かいまみ》を俳諧化したものである。行水の女をのぞくのは『太平記』二十一の、塩冶判官の妻の湯浴みを高師直が垣間見る場面をもじったものと思う。すなわち、『伊勢物語』と『太平記』の「垣間見」に対して「遠眼鏡」をあしらっているところに笑いが生ずるのである。

『好色一代男』の始まりの数章で、このように古典を俳諧化したことにより、作品全体の枠組が形成された。西鶴は、遊里／浮世　都／鄙《ひな》を意図的に対立する世界として描くが、それがあたかも堂上《とうしょう》と地下《じげ》とが対立するような関係として作品に構造化されている。世之介の好色遍歴は、遊里という地下《じげ》世界を舞台としたものであっても、遊里（俗）に堂上（雅）的世界が重ねあわされて、俳諧的笑いが生ずるのだ。業平や光源氏が物語の貴公子なら、世之介はまさに、俳諧の貴公子であった。

「御伽草子」的構成

十歳の世之介は、念者（衆道の兄分）を持とうと年上の男を口説く（巻一の四）。十一歳で初めて伏見撞木町の廓《くるわ》に足を運んだ（巻一の五）。

巻一の五「尋《たづね》てきく程《ほど》ちぎり」の挿絵には、編笠をかぶって恥ずかしそうに扇子で顔を隠す世之介の廓をうかがう様子が画かれている。

鑓屋《やりや》の孫右衛門の辺《ほとり》に。駕籠乗捨《かごのりすて》て。息《いき》もきるゝ程《ほど》の。道はやく。墨染《すみそめ》の水。のみもあへず南の門口よりさし懸《かゝ》り。東《ひがし》の入口はいかにして。ふさぎけるぞ。すこしはまはり遠《とを》き恋《こひ》ぞと。ありさま。ひそかに見わたせば。都《みやこ》の人《ひと》さうなが。色しろく。冠着《かんぶりき》さうなる。あたまつきして。しのぶもあり。宇治《うぢ》の茶師《ちやし》の。手代《てだい》めきて。かゝる見る目は違《ちが》はじ。其外六地蔵《ろくぢざう》の馬《むま》かた。下り舟《ふね》まつ旅《たび》人。風呂敷包《ふろしきつゝみ》に。しきみ粽《ちまき》を。かたげながら。貫《くはん》ざしのもとするゑを見合。若気《もしき》に入たるもあらばと。見つくして又。泥町《どろまち》に行もおかし。

気のせく世之介が駕籠を乗り捨て、ひそかに見わたした廓の様子が、世之介を視点人物にしたかのように、描写される。おしのびの公家、宇治の茶師の手代、六地蔵の馬かた、大坂八軒屋へ向かう下り舟を待つ客など、撞木町ならではの遊客がいきいきと描写されている。このような、世之介の心情を時には織り込んだ、卓抜した風俗描写を、西鶴は得意とした。単に古典のパロディ、俳諧的笑いだけで作品が成立しているわけではない。談林俳諧が当世風俗を巧みに詠み込んだように、同時代の好色風俗がリアルに表現されている点でも、『好色一代男』は、当時の読者にとって斬新な小説だった。世之介の好色体験は、風呂屋者（巻一の六）、茶屋女（巻一の七）、飛子宿（男色の売春宿。巻二の一）、後家（巻二の二・三）、奈良木辻町の廓（巻二の四）とエスカレートし、十八歳になると、出店の決算のために江戸に下る。途中の駿河国江尻で、若狭・若松という姉妹の遊女と、在原行平のようにたわむれたあげく（巻二の五）、旅費をつかいはたして江戸に着いたが、私娼あさりをやめないので、勘当された（巻二の六）。

以下、勘当がとかれて、親の遺産を相続する巻四の七まで、世之介は諸国を流浪しながら、好色生活を続けることになる。本書の前半四巻は、このように、世之介の成長と、物語の貴種流離譚《きしゆりゆうりたん》を当世化したような放浪生活が描かれる。世之介が大尽《だいじん》となる巻四の七「火神鳴《ひかみなり》の雲《くも》がくれ」は、放浪からの決別を、次のように述べた。

いま爰《こゝ》に小舟《ぶね》数《かず》ならべて。沖《おき》はるかに出せしに。折節《おりふし》の空《そら》は。水無月《みなづき》の末《すへ》。山々に。丹波《たんば》太郎といふ。村雲《むらくも》。おそろしく。俄《まこと》に白雨《ゆふだち》して。神鳴《かみなり》。臍《へそ》をこゝろ懸《がけ》。落《おち》かゝる事。間《ま》なく。時なく。大風いなびかり。女の乗《のり》し舟《ふね》共。いかなる浦《うら》にか。吹《ふき》ちらして。其行方《そのゆきがた》しらず。され共。世之介は。浪《なみ》によせられて。二時《ふたとき》あまりに。吹飯《ふけい》の浦《うら》といふ所《ところ》にあがりぬ。（略）又京《きやう》より人来りて。是は不思議《ふしぎ》にまいり候。お袋《ふくろ》さまの御なげき。いかばかり。兎角《とかく》いそいで。御帰《かへり》あそばせと。はや乗物程《のりものほど》なく。むかしの住家《すみか》にかへれば。いづれもつもる。泪《なみだ》にくれて。煎豆《いりまめ》に。花の咲《さく》心知《こゝち》して。今は何をか惜《おし》むべしと。もろ〳〵の。蔵《くら》の鑰《かぎ》わたして。年比《としごろ》あさましく。日おくりしに替《かは》りぬ。こゝろのまゝ。此銀つかへと。母《はゝ》親《おや》気《き》を通《とを》して。弐万五千貫目。たしかに渡しける。明白実正《めいはくじつしやう》也。何時《なんどき》成とも。御用《ごよう》次第に。太夫さまへ進《しん》じ申べし。日来《ひごろ》の願《ねが》ひ今《いま》也。おもふ者を請出《うけだ》し。又は名《な》だかき。女郎のこらず。此時買《このときかは》ひではと。弓矢八幡《ゆみやはちまん》。百二十末社《まつしや》共を集《あつめ》て。大大大じんとぞ申ける。

泉州の佐野・迦葉寺（嘉祥寺）・迦陀（加太）の女達と舟に乗った世之介だけが、難破から救われ、大金持になるわけだが、巻五以降の世之介の活動の場は、京・江戸・大坂・長崎などの一級の廓に限られる。つまり、世之介の流浪してきた地方の好色世界と三都の遊里とを隔てる境界を海とするなら、その境界を越すことのできない女達と対照的な、越境者世之介の性格が強調されたのだ。

このような主人公は、仮名草子より御伽《おとぎ》草子の主人公のあり方に類似する。二つの世界を隔てる海・山・谷などの境界を、仏神の加護をうけたり（『天狗の内裏』）、笛が上手であったり（『梵天国《ぼんてんこく》』）、あるいは小人であったり（『一寸法師』）することによって越境する行為者が、御伽草子の多くの主人公達である。「火神鳴の雲がくれ」にみられる、主人公の同行者が境界を越えられないというパターンも、次に引用するように、「乙姫《おとひめ》」だけが浜にたどりつく『浦島太郎』や、中納言の舟だけが、「らせつ国」に着いた『梵天国』などにもみられる御伽草子の類型的枠組であった。

女ばう、いひけるは、されば、さるかたへ、びんせん申て候へば、おりふし、浪風あらくして、人あまた、海の中へはね入られしを、こゝろある人ありて、身づからをば、このはし舟にのせて、はなされけり。（『浦島太郎』）

くがをはなれて、十三日と申に、大かぜふきて、波あらく、ひかり物とびちがひて、三十そうのふねの、ともあひのつなを、ふききつて、さん〳〵になる。中納言のめされたるふねをば、されどもふきやらず、おほくのなみをしのぎて、きまんこくを行すぎて、らせん《（ママ）》こくにぞ、ふきつけたり。（『梵天国』）

おそらく、当時の読者がこの型破りな小説を享受するには、既成の文芸様式の媒介が必要だったのではないだろうか。それが、一つには俳諧化された『源氏物語』『伊勢物語』等の古典であり、またこのような御伽草子的枠組であった。

女護の島渡りの俳諧

最終章「床《とこ》の責道具《せめだうぐ》」でも、世之介は女護の島に向かって船出した。

合弐万五千貫目。母親《はゝおや》より。ずいぶん遣《つか》へと。譲《ゆづ》られける。明暮《あけくれ》たはけを尽《つく》し。それから今まで。二十七年になりぬ。まことに。広《ひろ》き世界《せかい》の遊女《ゆうぢよ》町。残《のこ》らず詠《ながめ》めぐりて。身《み》はいつとなく。恋《こひ》にやつれ。ふつと浮世《うきよ》に。今といふ今。こゝろのこらず。親《おや》はなし。子はなし。定《さだま》る妻女《さいぢよ》もなし。倩《つら〳〵》念《おもん》みるに。いつまで。色道《しきだう》の。中有《ちうう》に迷《まよ》ひ。火宅《くはたく》の内《うち》の。やけとまる事をしらず。すでにはや。くる年は。本卦《ほんけ》にかへる。ほどふりて。足弱車《あしよはぐるま》の音《をと》も。耳《みゝ》にうとく。桑《くは》の木《き》の杖《つゑ》なくては。たよりなく。次第《しだい》に。笑《おか》しうなる物かな。

このように、この章の前半では、世之介が唐突に老衰し、厭世観が述懐される。が、その世之介が「好色丸《よしいろまる》」に大量の精力剤・催淫剤・性具・枕絵・堕胎剤に産衣《うぶぎ》まで積み込んで「抓《つかみ》どりの女を見せん」と女護の島に渡るのだから、いささか奇妙である。

最終章について、様々な解釈が試みられてきた。なかでも、「かえりみることなき近世前期町人の青春の讃歌」とした暉峻康隆氏の見解▼注①と「最も深刻な絶望の表現、悲愴極まる捨身の行」という野間光辰氏の見解▼注②とは、真っ向から対立した。西鶴の生きた時代が、商業ブルジョアジーの隆盛期か、綱吉恐怖政治の絶望的時期かという両氏の時代認識の相違は、今さら問題にしないが、私は、両説の対立は、終章の前半と後半との間の矛盾に原因があると思う。世之介の述懐を述べる前半を基調とすれば野間氏の説、後半の楽天的な女護の島渡りを強調すれば、暉峻氏の説が説得力をもつ。問題は、終章の矛盾する構成をどう解釈するかにあるのではないだろうか。

私は、松田修氏が「西鶴——世之介の船出」▼注③で提示する所説に、大筋において賛成する。氏自身の要約を引用すると「それは南方洋上に観音補陀落《ふだらく》世界を求めて船出した古代＝中世の補陀落船の近世版《パロディ》である。紀伊半島の熊野と伊豆半島の下田という南方洋上に対する地相的類似、十月下旬という出発時期の一致、時代の閉塞《へいそく》状況からの無意識・意識的脱出」▼注④と本章が説明された。ただし、本章に死のイメージが揺曳《ようえい》していたり、時代の閉塞状況が背景にあるわけではない。

補陀落渡海は古代・中世にだけ行われたのではなく、江戸時代にも六回渡海が実行されている。近世中期頃筆写の「熊野年代記古写」の記事と、宝暦十年（一七六〇）三月に和田春道行広の書写した「歳代記第壱」の該当記事を「　」に入れて、次に抄出する。▼注⑤

（1）寛永丁丑／十四（一六三七）去年三月補陀洛寺清雲上人渡海ス

「丙子十三　三月、浜ノ宮清雲上人渡海ス」

（2）承応壬辰／元（一六五二）補陀洛寺良祐上人八月渡海ス

「承応壬辰八月、浜ノ宮良祐上人渡海ス」

（3）寛文癸卯／三（一六六三）九月清順上人補陀洛渡リス

「癸卯三　九月、浜ノ宮清順上人補陀洛渡」

（4）元禄己巳／二（一六八九）六月補陀洛寺順意上人渡海ス

「己巳二　六月、順意上人補陀洛渡海」

（5）元禄癸酉／六（一六九三）十一月補陀洛寺清真渡海ス

「癸酉六　十一月、浜ノ宮清真上人渡海ス」

（6）享保壬寅／七（一七二二）六月／宥照渡海

「壬寅七　六月、宥照渡海ス今年ノコト」

また、宝永四年（一七〇七）刊の浮世草子『千尋日本織《ちひろやまとおり》』巻四の七には、次のような叙述が見られる。

補陀落《ふだらく》や岸《きし》うつ浪《なみ》の音《おと》に聞しは、紀州熊野《きしうくまの》のうらに、ふだらくばしりといふことありて、よい年の後生中間《ごしやうなかま》、極楽まいりの相談《そうだん》かため、孫子にもがてんさせ、風を待、小舟に帆《ほ》をあげ、五

しける。人三人生《いき》ながら海上《かいしやう》にはなたれ行《ゆき》、往生《わうじやう》をとぐるよし。むかしよりし来り、近年迄《きんねん》右のわざをな

西鶴在世中の渡海は、承応元年・寛文三年・元禄二年の三回、それぞれ西鶴が十一・二十二・四十八歳の時である。「近年迄《きんねん》右のわざをなしける」という『千尋日本織』の記述を見ても、補陀落渡海は、西鶴と同時代人にとって決して過去の出来事ではなかったことがわかる。また、西鶴は、熊野比丘尼が絵解きに用いた「観心十界図」「那智参詣曼荼羅《まんだら》」を熟知していた。「那智参詣曼荼羅」には、文覚滝行の図や白河上皇那智御幸図などとともに、補陀落船が画かれる。この点からみても、補陀落渡海は、西鶴と読者とに共有された知識だった。

平安時代三回、室町時代には十回行われた渡海のほとんどが、恐らく季節風の関係から、十一月に決行されているのに対し、江戸時代は、三月・八月・九月・六月・十一月・六月と渡海時期が一定しない。これは、臨終間際の僧を、ほとんど水葬のように、補陀落船に乗せることが多かったせいである。したがって、近世の補陀落渡海には、老衰や死のイメージがつきまとっていた。

本章前半の世之介の老衰、仏教語を多用した述懐は、補陀落渡海を示唆する記述だと考える。しかしながら、西鶴は、次のように補陀落船を好色丸に、めざすべき観音浄土を、男の極楽浄土である女護の島に変えてしまった。いわば「見立て」による転じを行ったのである。

それより世之介は。ひとつこゝろの友《とも》を。七人誘引《さそひ》あはせ。難波江《なにはゑ》の小嶋にて。新《あたら》しき舟つくら

せて。好色丸《よしいろまる》と名《な》を記《しる》し。緋縮緬《ひぢりめん》の吹貫《ふきぬき》。是《これ》はむかしの太夫。吉野《よしの》が名残《なごり》の脚布《きやふ》也。縵幕《まんまく》は過《すぎ》にし女郎より。念記《かたみ》の着物《きるもの》をぬい継《つが》せて。懸《かけ》ならべ。床敷《とこしき》のうちには。太夫品定《しなさだめ》のこしばり。大綱《づな》に。女の髪《かみ》すぢをよりまぜ。さて台所《だいどころ》には。生舟《いけぶね》に鯲《どじやう》をはなち。牛房《ごばう》。薯蕷《やまのいも》。卵《たまご》を。いけさせ。櫓床《ろどこ》の下には。地黄丸《ちわうぐはん》五十壺《つぼ》。女喜丹《によきたん》弐十箱。りんの玉三百五十。阿蘭陀糸《おらんだいと》七千すぢ。生海鼠輪《なまこわ》六百懸《かけ》。水牛《すいぎう》の姿《すがた》二千五百。錫《すゞ》の姿《すがた》三千五百。革《かは》の姿《すがた》八百。枕絵《まくらゑ》弐百札。伊勢物《いせもの》がたり弐百部《ぶ》。犢鼻揮《ふんどし》百筋《すぢ》。のべ鼻紙《はながみ》九百丸。まだ忘れたと。丁子《てうじ》の油《あぶら》を弐百樽《たる》。山椒薬《さんせうぐすり》を四百袋《しひやくたい》。ゑのこづちの根《ね》を千本。水銀《みづがね》。綿実《わたざね》。唐《たう》がらしの粉《こ》。牛膝《ごしつ》百斤《きん》。其外色《そのほかいろ》々。品《しな》々の。責道具《せめだうぐ》をとゝのえ。さて又。男《おとこ》のたしなみ衣裳《いしやう》。産衣《うぶき》も数《かず》をこしらえ。これぞ二度《ふたたび》。都《みやこ》へ帰《かへ》るべくもしれがたし。いざ途首《かどいで》の酒《さけ》よと申せば。六人の者《もの》おどろき。爰《こゝ》へもどらぬとは。何国《いづく》へ。御供《とも》申上る事ぞといふ。されば浮世《うきよ》の遊君《ゆうくん》。白拍子《しらびやうし》。戯女《たはれめ》。見《み》のこせし事《こと》もなし。我《われ》をはじめて。此男《おとこ》共。こゝろに懸《かゝ》る。山もなければ。是《これ》より女護《によご》の嶋《しま》にわたりて。抓《つかみ》どりの女を見せんといへば。いづれも歓《よろこ》び。譬《たとへ》ば。腎虚《ぢんきよ》して。そこの土《つち》と成べき事。たま〱。一代男《おとこ》に生《むま》れての。それこそ願《ねが》ひの道なれと。恋風《こひかぜ》にまかせ。伊豆《いづ》の国《くに》より。日和《ひより》見すまし。天和《てんわ》二年。神無月《かみなづき》の末《すへ》に。行方《ゆきがた》しれず成《なり》にけり。

好色丸の過剰な積荷の数量描写は、何が意図されているのか。

天福元年（一二三三）の智定房の渡海を記す『吾妻鏡』に「其用意は、屋形舟に入りて。後に外より戸を釘づけにし、四方に窓もなし。食物には栗柏を少しづつ」と記すように、江戸時代の補陀落船も、わずかな水・食料以外に荷を積まなかった。好色丸の積荷の列挙は、このイメージを逆転した笑いをねらっている。前半の述懐を逆転し、笑いとばすことこそ、最終章の「俳諧」だった。

私は、この章に、綱吉の恐怖政治や町人の挫折、流罪、死のイメージなどを読みとるべきではないと思う。世之介の船出は、かつて彼が海を越え、大金持に変身したように、「浮世《うきよ》の遊君《ゆうくん》、白拍子《しらびやうし》、戯女《たはれめ》」を見つくした世之介一行の、女護の島での新しい物語が始まることを象徴している。

御伽草子の枠組に依拠しながら、いわば物語から物語へ飛翔すること、物語の終わりが始まりになるということが、補陀落渡海をパロディにした女護の島渡りの意味するところだった。読者の「大笑い」のさなか、世之介は物語の境界を越えたのである。

注①▼暉峻康隆氏『西鶴評論と研究』（中央公論社　一九四八）
注②▼野間光辰氏「西鶴と西鶴以後」（『岩波講座日本文学史』岩波書店一九五九）
注③▼松田修氏『日本逃亡幻譚』（朝日新聞社　一九七八）
注④▼松田修氏『日本古典集成・好色一代男』（新潮社　一九八二）
注⑤▼『熊野年代記』（熊野三山協議会・みくまの総合資料館研究委員会　一九八九）

遊里と堂上

御伽草子の枠組に依拠しながら、世之介は落魄《らくはく》の放浪者から大尽《だいじん》（大金持）に変身した。『好色一代男』は三都の遊里を理想的に描き、約二年後に刊行された『諸艶大鑑《しょえんおおかがみ》』は、中下層遊女をも視野に含めた、より現実的視点から遊里を描いた。理想から現実直視へ西鶴の認識が深化したと考えるのが通説である。

たしかに、島原（京）・吉原（江戸）・新町（大坂）の太夫《たゆう》達の粋が『好色一代男』後半で描かれるのは事実なのだが、それは西鶴の認識の問題ではない。俳諧理念を基に浮世草子を執筆するために意図された創作方法であった。

『好色一代男』前半の世之介の流浪が、『伊勢物語』の東下りや『源氏物語』の須磨・明石両巻のような貴種流離譚のパロディになっていることは前述した。艱難《かんなん》のあげく、業平や光源氏が再び堂上《とうしょう》世界で活躍するのと同様に、後半の世之介は、〝かぶき者〟の父が出入りし、遊女であった母親の暮らした遊里で活躍する。

『好色一代男』の作品構造は、二つの世界、遊里と浮世とが対立するという虚構の上に成り立っている。物語の世界、というより中世以前の日本文化は、堂上と地下《じげ》、都と鄙《ひな》とが隔絶する構造をもった。伝統的な和歌・連歌・物語の世界を当世化、俗化するという発想で書かれた『好色一代男』は、その対立構造に、遊里とそれ以外の世界を、あたかも対立するかのように、重ねあわせたのである。三都の遊里を、物語世界における宮中のような関係に置くことが、『好色一代男』の「俳諧」であった。

よく指摘される事だが、廓を舞台にした後半部の世之介は、主人公としての統一性を欠く。しかし、世之介の性格と行為の一貫性のなさは、主人公のリアリティを疎外することにはならない。小説の主人公は現実の人間と同じように、しばしばそれ以上にリアルに行為しなければならないとするのは近代小説の考え方である。当時の読者には、世之介が好色の英雄であるがゆえに、御伽草子の主人公のごとく、対峙《たいじ》する人物によって性格が決定され、矛盾した性格をあわせもつことが、文芸様式の伝統のなかでは、むしろ「リアル」だったのではないだろうか。
御伽草子・仮名草子の主人公には見出されない世之介の実在感は、物語の枠組から発想された世之介が、読者と等身大に肉体化しようとする志向をもつ点、言い換えれば世之介と読者とが同心円的関係にあることを根拠にしている。たとえば、『好色一代男』の模倣作『好色三代男』の登場人物と読者との関係は、「好色」だけが単に重なりあうにすぎない。抽象的な言い方だが、仮名草子と読者との共通部分である「教訓」を、開きなおって「好色」に置き換えたようなものである。
世之介の形象は、矢数俳諧にみられる西鶴の句作り、すなわち人事・風俗の心付《こころづけ》を多用する際に、瞬時に、点景のように人間生活を表現する認識方法によってもたらされたものであろう。『好色一代男』の現実性（リアリティ）は、つまりは俳諧の所産なのであった。

遊女の「本意」

朔日《ついたち》より。晦日《つごもり》までの勤《つとめ》。屋内繁盛《やないはんじやう》の。神代《かみよ》このかた。又類《たぐ》ひなき。御傾城《けいせい》の鏡《かゞみ》。姿《すがた》をみるまでもなし。髪《かみ》を結《ゆ》ふまでもなし。地顔素足《ぢがほすあし》の。尋常《ぢんじやう》。はづれゆたかに。ほそく。なり恰合《かつかう》。しとやかに。しゝのつて。眼《まなこ》ざしぬからず。物ごしよく。はだへ雪《ゆき》をあらそひ。床《とこ》上手にして。名誉《めいよ》の。好《すき》にて。命《いのち》をとる所《ところ》あつて。あかず酒飲《さけのみ》て。歌《うた》に声《こゑ》よく。琴《こと》の弾手《ひきて》。三味線《さみせん》は得《え》もの。一座《ざ》のこなし。文づらけ高く。長《なが》ぶんの書《かき》て。物をもらはず。物を惜《おし》まず。情《なさけ》ふかくて。手くだの名人《めいじん》。是は誰《た》が事と。申せば。五人一度《ど》に。夕霧《ぎり》より外に。日本広《ひろ》しと申せ共。此君《きみ》〳〵と。口を揃《そろ》えて誉《ほめ》ける。（巻六の二）

『源氏物語』の雨夜の品定め（帚木《ははきぎ》）に倣《なら》い、世之介ら五人の粋人が、大坂新町の「今での。太夫の品定め（今全盛の太夫の評判）」をしている場面である。引用文で、容姿・床ぶり・座配・教養・物欲の恬淡《てんたん》さ・情・手くだなどあらゆる面から賛辞のおくられる夕霧は、延宝六年（一六七八）正月六日、二十二歳で病死した、扇屋四郎兵衛抱えの名妓であった。

この夕霧の追善狂言「夕霧名残の正月」において、恋人藤屋伊左衛門を演じた坂田藤十郎の、紙子姿の「やつし」や、「口舌《くぜつ》」が大当たりした。藤十郎は生涯に十八回も、伊左衛門を演じたという。『好色一代男』巻六の二「身は火にくばるとも」は、夕霧と密会した世之介が火燵《こたつ》の下に隠れ、文《ふみ》をもった夕霧と客との口論のすきに逃げるという話なのだが、古井戸秀夫氏の指摘するように、恋文・火燵などの小道具をそのまま使って、「夕霧狂言」をパロディにしたのが巻六の二の「俳諧」であろう。▼注①

西鶴は、花鳥（長崎丸山）・夕霧（大坂新町）・吉田（江戸吉原）・吉野（京三筋町）の遊女四人を含む女俳諧師三十六人の姿絵・発句・略伝を編纂した『古今俳諧女歌仙《にょかせん》』を貞享元年（一六八四）十月に刊行した。『好色一代男』挿絵の夕霧像をそのまま用い、「梧《きり》の葉《は》もそめわけがたし袖《そで》の紋《もん》」という発句を添えて、次のような詞書きを記している。

大坂新町のゆふ女也。万事此道の帥なり。つねに情と歌とを心の種にして、世々に其名をふれける。有時、俳諧の発句をのぞみしに、我定紋によせて、折ふし秋なれば西鶴が廓の名高い遊女に、色紙《しきし》をのぞんだことは、西鶴晩年の手紙にうかがわれる。

しかれば、御無心の事ニ御座候へども、此色紙ニ嶋原の太夫職残らず、それより天職の名高《なだかき》二十人ニめい〳〵書、御頼み、早々御くだし、たんと嬉しく可奉存《ぞんじたてまつるべく》候。（略）二十二枚遣し申候。二枚はよけい入申候。弐十枚早々たのみ申候。世之介方より申来るのよし、御たのみ可被下《くださるべく》候。くれニ及、早々申のこし候。四五枚でも調次第ニ被遣可被下《つかはされくださるべく》候。

この手紙の宛名は不明だが、島原に自由に出入りした有力な大尽《だいじん》か、廓の関係者かと思われる。その人物に、西鶴は、「世之介からの依頼だと言って、太夫・天神二十名の染筆した色紙を集めてくれ」と頼んでいる。遊女も俳諧ネットワークの一員であり、夕霧も例外ではなかった。

いづれも。情にあづかりし。過にし事共。語《かた》るに。あるは命を。捨《すつ》る程《ほど》になれば。道理《だうり》を詰《つめ》て。遠《とを》ざかり。名の立かゝれば。了簡《りやうけん》してやめさせ。つのれば。義理《ぎり》をつめて。見ばなし。身《み》おもふ人には。世の事を異見《いけん》し。女房のある男には。うらむべき程《ほど》を。合点《がてん》させ。魚屋《うをや》の長兵衛にも。手をにぎらせ。八百屋《やをや》五郎八までも。言葉《ことば》をよろこばせ。只此女郎の。人をすてずに。まこと成こゝろを思ひ合。はじめの程は。高声《ごゑ》せしが。いつとなく。静《しづか》に成て。いづれか泪《なみだ》を。こぼさぬはなし。（巻六の二）

夕霧の太夫ぶりを、西鶴は、このように描いた。一途に伊左衛門を慕うという芝居の夕霧像とは異なり、『一代男』の夕霧は理知的な遊女である。魚屋や八百屋などにも気を配ったり、客の恋愛感情さえ、状況に応じて冷静に処理する。情の深さが意志的、能動的である点は、西鶴の理想とする遊女像に共通する。遊女という職分を主体的に勤めるプロフェッショナルな女性像が、物語世界のヒロインに対置された近世の「好色女」であった。

早世したものの、夕霧は西鶴と同時代の遊女だったのに対し、巻五の一「後《のち》は様《さま》つけて呼《よぶ》」の吉野は、京の廓が六条三筋町にあった頃の太夫である。元和五年（一六一九）に、十四歳で太夫に出世し、寛永八年（一六三一）退廓して、灰屋紹益《はいやしょうえき》という大金持の妻となった。巻五の一は、次のような話である。

全盛の吉野太夫を慕う小刀鍛冶の弟子が揚代《あげだい》をためたが、太夫と会うようすがない。このことを知った吉野は、廓のしきたりを破ってこの男と密会する。事情を知った世之介は吉野を身請け、正妻とした。一門から義絶された世之介の窮状を救うため、吉野は、自分を離縁するという名目で一門の女性を集めさせる。下女のかっこうをしてあらわれた吉野は、教養あふれるもてなしで女性達を感嘆させ、正妻の地位を保った。

この章の吉野像に貫かれているのは、夕霧の場合と同様に、意志的な情の深さ、すなわち「まこと」と記された心情であろう。揚代をためたのに吉野と会えない自分の賤しさを嘆く小刀鍛冶の弟子を「其《その》心入不便《ふびん》と。偸《ひそか》に呼入《よびいれ》。こゝろの程《ほど》を語《かた》らせ」たのは、憐憫《れんびん》からではなく、情を第一とする女郎の「本意（あるべき姿）」の自覚がそうさせたのである。吉野の威厳に圧倒されて逃げようとする男をひきとどめて「どうやらかうやら、への字《じ》なりに、埒明《らちあけ》させ」た吉野の行為は、この場面の滑稽さを上まわる、断固とした意志的姿勢を読者に感じさせる。

巻五の二後半部で、西鶴は、世之介を義絶した一門の人々が吉野の教養に圧倒され、否応《いやおう》なくその人間的卓越性を認めざるをえなくなった顚末を記す。その素材となったのは、藤本箕山《きざん》著『色道大鏡』巻十五雑談部であるが、その設定が改変されて、原話とはかなり印象の違う吉野像が形象されている。『色道大鏡』では、「かくして、年を過るに、吉野節あり義あることを、夫が一類伝へきゝ、感じて和睦しけり。さらば妻室に対面して、一門の交をなさんと、日をさして夫が家に聚《あつま》る」と記される部分が、『一代男』では、「さもあらば御《ご》一門様《もんさま》の御中を。私《わたくし》（吉野）なをし申べしといふ。（略）まづ〳〵明日。吉野《よしの》は暇《いとま》とらせて帰《かへ》し候。今迄の通にと。御言葉《ことば》を下《さげ》られ。庭《には》の花桜《はなざくら》も盛《さかり》なれば。女中方申入度《たき》のよし。触状《ふれじやう》つかはされけるに。」となっている。すなわち、西鶴は、和睦後の会合という『色道大鏡』の設定を、吉野の企てた和睦のための会合と設定しなおすことによって、原話に新しい意味を加えた。

吉野さしうつぶき、涙をながしていへるは、さて〳〵ありがたき仰、冥加なきまでおぼえ候。妾は是《これ》疋夫の家に生れ、幼少より人につかへ、殊更《ことさら》つたなき傾国となりし身なり。（略）倹《つつまやか》に演《のべ》たりし詞の花のにほひあまりて、一門の女中、さしもきらめきてかざりしかのこ、縫薄《ぬひはく》の玉のひかりも、吉野が藍染の庶服《そふく》にけをされて、たゞ色なくぞ見えわたりける。（『色道大鏡』）

吉野は浅黄《あさぎ》の布子《ぬのこ》に。赤前《あかまへ》だれ。置手拭《をきてぬぐい》をして。へぎに切炭斗《のし》の取肴《とりさかな》を持て。（略）里へ帰《かへ》る御名残《なごり》に。昔《むか》しを今に一ふしをうたへばきえ入計《ばかり》。琴弾歌《ことひきうた》をよみ。茶《ちや》はしほらしくたてなし。花《はな》を生替《いけかへ》。土圭《とけい》を仕懸《しかけ》なをし。娘子達《むすめごたち》の髪《かみ》をなで付。碁《ご》のお相手《あいて》になり。笙《しやう》を吹。無常咄《むじやう》し。内証事《ないしやう》。万《よろづ》人さまの気《き》をとる事ぞかし。(『好色一代男』)

両者を比較すると、前者の吉野は消極的、後者は積極的な印象が強い。『色道大鏡』では、吉野が出自の卑しさを述べ、粗服を着ているのは、自然な心情に基づいた行為として描かれているが、『好色一代男』では、設定が変わり、吉野の謙虚さは計算された意図的行為となっている。一門の和解のために会合を計画した以上は、自分の教養が必ず相手を圧倒するという自負のあることが前提になろう。このように、吉野も、前述の夕霧と同じように、主体的でプロフェッショナルな遊女として描かれた。

非人間的な廓の制約下で、能動的に行為する点に、遊女の卓越した人間性をみる西鶴は、吉野・夕霧のような遊女像を造型した。その一方で、遊女のあるべき姿と、自然な人間のあり方との葛藤を描いた章も存在する。

巻六の三「心中箱《しんぢうばこ》」の藤浪は、世之介への恋情のあまり出家する遊女である。藤浪の執心が、心中立てのために世之介に渡した髪と爪を動かし、夢のなかで着せたいと思った縞縮緬《しまちりめん》が世之介のもとに出現するほど真摯なのに対して、世之介は、多くの女郎からの心中立ての伝授物を土用干しする廓のプレイボーイであった。

夕霧・吉野は、廓の絶対的存在として描かれたが、自分の感情をコントロールできない藤浪は、いわば廓の敗北者であった。が、その敗北は主体性を喪失したものではない。世之介に対して「寝《ね》ても覚《さめ》ても。忘《わす》れねば。ながらえて。此勤《つとめ》せんなし。」と、自らの敗北を自覚した上、「尼寺《あまでら》に懸《かけ》こみ。願《ねが》ひの道に入」る、意志的姿勢を貫いた遊女として描かれた。女郎の本意と恋愛感情との葛藤の末、本意を全うできなかった藤浪だが、西鶴は、最後に「女郎一代のほまれ。勝《あげ》てかぞえ難《がた》し。」という一文を添えて、有終の美を飾らせている。

巻六の四「寝覚《ねざめ》の菜好《さいごのみ》」では、揚屋丸屋七左衛門への恋情を思い切れない御舟《みふね》が登場する。自分の意志とはうらはらに、女郎にあるまじき執心を、世之介に見せてしまった御舟は、藤浪と同じ意志的姿勢をもつ。そのために「今の有様はづかしやと。身もすつる程《ほど》」悔やむこととなる。西鶴がこの御舟も「またの世につゞきて。出来《でき》まじき女なり。」と肯定的に描写するのは、その内面的葛藤の真摯なためであった。

夕霧・吉野・藤浪・御舟の四人の遊女を例にあげたが、西鶴は遊女という職能をいかに積極的、主体的に勤めるかに人間的価値を置く。物語や御伽草子・仮名草子の登場人物にはみられない、このような人間像は、大坂町人の人間観を反映したものであろう。物語的女性像とは異質なヒロインが、『好色一代男』によって初めて文学史上に登場したと言ってもいい。

注①▼古井戸秀夫氏『新潮古典文学アルバム・歌舞伎』（新潮社　一九九二）

Ⅱ「流行作家」西鶴の誕生

江戸版『好色一代男』

『好色一代男』初版の荒砥屋版は、貞享二・三年頃再刷され、さらに秋田屋市兵衛という大坂書肆に版木が売り渡された。元禄九年（一六九六）と、宝永六年（一七〇九）の書籍目録に「八 秋田や市 好色《かうしよく》一代男《おとこ》　五匁」と記されるので、少なくとも十年以上は秋田屋が版木をもち、その間に数度にわたって刊行が繰り返された。現在、刊年横に「大坂安堂寺町五丁目心斎筋南横町／秋田屋市兵衛板行」と記す版と、本文末尾に「大坂住　大野木市兵衛板」と記す版が確認されている。

　上方版とは別に、江戸でも『好色一代男』が刊行された。前述のように、江戸は上方版を重版、類版する伝統がある。本書も、新しく版下を作り、挿絵は菱河《ひしかわ》（川）師宣《もろのぶ》が、上方版の構図をいかして画きなおした。江戸版の刊記は「貞享元申子暦三月上旬／大和絵師 菱河吉兵衛師宣／日本橋南貳町目川瀬石町 川崎七郎兵衛板行」とある。後には「大津や四郎兵衛」さらに「万屋清兵衛」という本屋に版木が譲渡された。

『好色一代男』初版刊行の約一年五か月後には江戸で重版が刊行されてしまったのだから、西鶴の意図したとおりの好評を博したと言える。ただ江戸版の西吟跋文では、西鶴の著作であることを示す肝腎の「鶴翁」が「鶏翁」と誤刻されている。西鶴の作品だということがそれほど意識されずに読まれたのだろう。

紀州藩の儒医石橋生庵の日記『家乗』をみると、貞享元年三月十九日に勤番のため江戸到着後、五月二十六日に『好色一代男』を借り、六月九日に返却、七月十一日には『諸艶大鑑《しょえんおおかがみ》（好色二代男）』を借りて、十七日に返却したことが記されている。上方・江戸の地域差、町人・侍・富農といった階層差や、俳諧の素養があるかないかにあまり関係なく、西鶴の作品が多くの読者を得たことがわかる。

『諸艶大鑑（好色二代男）』の好評

西鶴の浮世草子第二作『諸艶大鑑』は、貞享元年初夏（四月）に、「大坂呉服町真斎橋筋角」の池田屋（岡田）三郎右衛門から刊行された。前年の天和三年閏五月に、求版本（他書肆の版木を購入して出版した本）だが、『女諸礼集』を刊行したのが、この本屋の最初の出版のようだ。荒砥屋とは異なり、貞享二年正月刊『西鶴諸国はなし』、貞享三年六月刊『好色一代女』、同年十一月刊『本朝二十不孝』、貞享四年四月刊『武道伝来記』、元禄元年十一月刊『新可笑記』など、もっぱら西鶴作品を出版して営業の基盤を築き、文政年間まで続く大書肆に成長した。

『諸艶大鑑』の再版本に、江戸の本屋が加わっている。刊記は、初版の「初夏」を削って、江戸書肆を入木《いれぎ》するのだが「貞享元甲子年／江戸本石町拾間店／参河屋久兵衛板／書林／大坂呉服町真斎橋筋角／池田屋三郎右衛門板」とある。版元に江戸書肆を加えるのには二つの目的があった。一つは刊記に記される本屋に行けば、確実に上方の下《くだ》し本（江戸に搬入された上方製の本）が買えるという広告効果である。もう一つは、江戸に上方書肆の利害を代弁する本屋を置いて、江戸の重版・類版を牽制するためである。江戸で勝手に重版・類版を作られては、上方で作った本の売上げにひびき、ひいては売捌《うりさばき》元の江戸本屋の利害にも関係するわけである。

前引の『家乗』では、石橋生庵は、四月に大坂で刊行された『諸艶大鑑』を七月には入手している。本書が、江戸で高い商品価値をもったことは、このことからも明らかなのだが、『諸艶大鑑』の江戸版は出されていない。これは、かなり早い段階で、江戸本屋を加えた再版（二都版）が上梓されたからであろう。

当時の再版によくみられるように、初版の刊年が彫り残されているが、実際の本書の再版時期は、貞享三年頃と推定されていた。しかし、再版本の紗綾形《さやがた》地巻竜紋行成表紙が、他本に使用された例から表紙の使用時期を特定し、出版時を貞享元年中と推定した川口元氏の論考が発表された。[▼注①] 前述の理由から、私もこの説に賛成する。

市古夏生氏の調査によると、天和元年から貞享元年までの上方と江戸との相合版（京・大坂の相合版は除く）には、次のような書籍がある。[▼注②]

1 『古今立花大全』　天和三　江戸西村半兵衛　京都西村市郎右衛門
2 『異制庭訓往来』　天和三　江戸参河屋久兵衛　京都小河多右衛門
3 『小夜衣』　天和三　江戸西村半兵衛　京都西村市郎右衛門
4 『首書和漢朗詠集』　天和三　江戸参河屋久兵衛　京都井筒屋六兵衛
5 『みなし栗』　天和三　江戸西村半兵衛　京都西村市郎右衛門
6 『新御伽婢子』　天和三　江戸西村半兵衛　京都西村市郎右衛門・大津屋庄兵衛

7 『職原抄支流』 天和三 江戸伏見屋兵左衛門 京都田中理兵衛
8 『古今好色男』 天和四 江戸松会 京都西村市郎右衛門・坂上庄兵衛
9 『書翰初学抄』 天和四 江戸西村半兵衛 京都西村市郎右衛門・中川茂兵衛
10 『地蔵菩薩霊験記』 貞享元（天和四年二月改元） 江戸西村半兵衛 京都永田長兵衛・八尾市兵衛 大坂川合四郎兵衛

京都西村市郎右衛門と江戸西村半兵衛との相合版が多いのは、序章で述べたように、西村半兵衛は独自の刊行物があるものの、市郎右衛門の江戸店のような性格をもっていたからだ。貞享元年六月刊『地蔵菩薩霊験記』が、京・江戸・大坂の本屋の提携した、いわゆる三都版の最初の本である。貞享元・二年あたりから、三都が共通の市場を形成しはじめたと言えよう。

小説類では、京都の西村市郎右衛門がいち早く江戸書肆を版元に加えているが、貞享元年中に『諸艶大鑑』再版本が刊行されたとすると、この本が大坂と江戸の本屋の提携した最初の例となる。出版経験の浅い池田屋が江戸本屋との相合版に踏み切るほど、『諸艶大鑑』は売れたのであった。

注①▼川口元氏「表紙図版解説」（「東海近世」1 一九八八・三）
注②▼市古夏生氏「三都版・三都版の発生とその意味―西鶴本に即して―」（「国文」77 一九九二・八）

『諸艶大鑑』の枠組

『諸艶大鑑』八巻四十章は、外題と目録題に「好色二代男」と副題を添えて、『好色一代男』の続編の体裁をとっている。しかし、構想の一貫している前作と異なり、内容は、初章「親《おや》の顔《かほ》は見ぬ初夢《はつゆめ》」だけが『好色一代男』と関連をもった。

世之介が十五歳の時、後家との間にできた子を六角堂に捨子《すてご》したのだが（『一代男』巻二の二）、その子が長じて世伝《よでん》と名のる。世伝のもとに「目馴《めなれ》ぬ翅《つばさ》の飛来《とびきた》つて。是《これ》は女護国《にようごこく》に住《すむ》。美面鳥《びめんちよう》なり。御《おん》身《み》の父世之介《ちゝよのすけ》。まれに彼地《かのち》に渡《わた》り給ひ。女王《にやうわう》と玉殿《ぎよくでん》の御かたらひあさからず。二度《ふたゝび》かへし給はぬなり。されば親子《おやこ》の契《ちぎ》りふかく。色道《しきどう》の秘伝譲《ひでんゆづ》り給ふと。一つの巻物《まきもの》。左《ひだり》の袂《たもと》になげ入る」と思うと、初夢がさめたというのが発端である。前節で述べたが、『好色一代男』の女護の島渡りは補陀落渡海をパロディにしていた。本章の挿絵に画かれる「美面鳥」は、当時流布していた『往生要集』絵入本や『極楽物語』に載る迦陵頻伽《かりようびんが》という極楽鳥にそっくりである。

終章はこの発端と照応する。始章では世伝が「慶安四年のうき秋」に捨てられたと記された。終章（巻八の五）「大往生《だいあふじやう》は女色《ぢよしき》の台《うてな》」は、彼が「三十三の三月十五日切《きり》に」大往生したと書く。なぜ三十三歳で死んだことにしたのか未詳だが、三十三観音や三十三霊場の根拠となっている、法華経普門品に説かれる観世音菩薩の三十三変化身に、世伝の生涯をなぞらえているのかもしれない。いずれにしろ、慶安四年生れの世伝は、本書刊行の貞享元年にはちょうど三十三歳となり、始・終章の記述は首尾照応している。

眠《ねむ》れるやうにりんじうの時。天半《なかそら》五色《しき》の雲引《くもひき》はへ。一歩《ぶ》小判《こばん》の花降《はなふる》は。日比蒔置《まきをき》し種《たね》ぞかし。世を先《さき》だちし太夫ども。年《とし》月の御恩《おん》此度《たび》と。諸《もろ》々の菩薩《ぼさつ》に姿《すがた》を替《かへ》。（略）世界《せかい》の傾国《けいこく》一目に。四方明《あかり》の大二階《かい》。吉野《よしの》が居姿《いすがた》。和泉《いづみ》が奴風俗《やつこふうぞく》。あづまがしとやか面影《をもかげ》。三夕《さんせき》が物ごし。小太夫が花車《きやしや》かたぎ。夕霧《ゆふぎり》が情顔《なさけがほ》。半太夫がうつくしさ。和州《わしう》がばつとしたもよし。長門《ながと》が物いはぬも位《くらゐ》あり。大橋《おゝはし》が自然《しぜん》とゆたかなる風情《ふぜい》。其外《ほか》太夫を揃《そろへ》て。一座《ざ》に見る事。前《まへ》の世ではならぬ事なり。是死《しん》での徳無心《とくむしん》いわれず。五節句《せつく》かまはず。常住《じやうじゆ》不断《だん》の上首尾《しゆび》。頭北西面《づほくさいめん》の楽床《らくどこ》。かぎりをしらず。

このように描写された世伝の往生は、始章と同様、『往生要集』『極楽物語』の聖衆来迎をパロディにしたものである。挿絵も、来迎図の菩薩を遊女に置き換えて画かれている。父世之介や先立った遊女達の住む極楽浄土への旅立ちが世伝の往生であった。

諸分書的内容

『諸艶大鑑』の始章・終章は首尾照応して、『好色一代男』が『源氏物語』を俳諧化したごとく『往生要集』をパロディにした。しかし、それ以外の章には、古典の世界を俗におとすような俳諧的発想があまりみられない。むしろ、遊里の内情や遊びの秘伝を解説した諸分《しよわけ》書類が強く意識されている。始章で、色道伝授の夢からさめた世伝は、「(父世之介は)なんぞやあぶなき海上《かいしやう》を越《こへ》。無景《むけい》の女嶋《おんなじま》にわたり給へり。目前《もくぜん》の喜見城《きけんじやう》とは。よし原嶋原新町《はらしまばらしんまち》。此三ケ《さんが》の津《つ》にます。女色《じよしよく》のあるべきや」と、島原へ正月買いに出た。以下、次の文章が続く。

柳《やなぎ》の九市が内証論《ないしやうろん》。小堀法師《ほりほつし》がまさり草《ぐさ》。よしなか染《ぞめ》の。宗吉《むねよし》が白烏《しろがらす》にも。書《かく》につきせず。其後一条《じゃう》の甚入道《じんにうどう》が。遊女割竹集《ゆうじょわりたけしう》にも。すいりやうの沙汰《さた》多《おゝ》し。伏見《ふしみ》の浪人《ろうにん》が作《つく》りし。太夫前巾着《たゆふまへぎんちやく》といふ悪書《あくしよ》も。見分計《けんぶんばかり》にておかしからず。（巻一の一）

ここに羅列された「悪書（遊女評判記・諸分書類）」のうち現存書は少ないが、先行書を批判する西鶴の姿勢が顕著である。さらに、「くにといふやり手の開山《かいさん》」に語らせた「諸国《しょこく》の諸分《わけ》」の聞書《ききがき》に「世伝《よでん》が二代男《おとこ》。近年《きんねん》の色人残《いろひとのこ》らず。是《これ》に加筆《かひつ》」したのが本書であると述べる。

このように、『諸艶大鑑』には、『好色一代男』に比べて俳諧性の後退が著しく、遊里風俗の微細な描写が増える傾向がみられる。たとえば巻七の二「勤《つとめ》の身狼《あふかみ》の切売《きりうり》よりは」は、次のように構成される。

（A）太夫と下級遊女との比較。（B）昔と今の太夫の教養の違い。（C）京の遊里の不況。（D）風の神おくりの際、素紙子に深編笠《あみがさ》、竹杖をついた江戸の伝が廓に来る。居合わせた薫が紋付を与えたところ、身をやつしたのは遊びの趣向だと述べる。伝と薫とはなじみになる。（E）薫は伝に切指の心中立て。薫と伝との口舌《くぜつ》を野風が仲直りさせる。

小説として本章を読むなら（D）と（E）とが荒筋となるが、荒筋には直接関係しない（A）（B）（C）の叙述が章の約半分をしめる。（D）で伝が身をやつすのは歌舞伎役者坂田藤十郎のやつし芸の流行を取り込んだのであろう。本章の中心をなす（D）においても、次のような諸分書をふまえた記述がみられる。

太夫もすいたる男《おとこ》なればこそ。かしらより爪掛《つめかけ》て切《きつ》てやる。女良《じよらう》のゆく風俗《ふうぞく》。うつくしき形《かたち》にはよらず。破体《はで》なる仕《し》出し。又は名代《なだい》にて思ひつくもの也。いや風《ふう》なる敵《てき》。又は年寄《としより》。或は法師《ほうし》にても。其心を請《うけ》て勤《つと》めるは。傾城程実《けいせいほどじつ》なるはなしと。焼付燃杭草《たきつけもへくいぐさ》に。書集《かきあつ》めたる中《なか》に是計《ばかり》は諒《まこと》をしるせる。

「焼付燃杭草」は、延宝五年刊行の諸分書『たきつけ草』『もえくゐ』『けしずみ』三部作をさす。『たきつけ草』は、島原からの帰りらしい若者と老人との会話の形式で、女郎の人間性への不安、虚偽の支配する人間関係への不信、貨幣の介在する愛情への疑問の三点について意見を述べたものだが、そのなかに西鶴の引用箇所と類似した文章がみられる。

されば、心に染まぬ男に逢ふとても、さのみ厭《いや》なる色を見するやは。あくまで愛敬づきたる応対にて、岩間の波の打ち寄せ退けつ、岸根の草のたよ〳〵と靡《なび》きたる所作振りなども、皆女郎の心に、情浅からぬゆへなりかし。

厳密に読むと『たきつけ草』の「情」と西鶴の言う「実」との間には懸隔があるけれども、諸分書の文脈を利用しながら一章を構成しようとする西鶴の意図は明白である。

このような叙述がはさまるために、登場人物の行為が散漫になるきらいがあった。しかし、当時の読者は、作品に盛り込まれた廓についての情報量の多さと、諸分書には欠ける話の面白さを兼ね備えた新しい「小説」として『諸艶大鑑』を読んだのではないだろうか。

死ば諸共の木刀

諸分書的文脈が混在し、散漫な構成をとる章が多いなかで、巻五の二「死《しな》ば諸共《もろとも》の木刀《きがたな》」は、テーマのはっきりした佳作として評価の高い短編である。

吉原の若山と半留《はんる》という男はなじみだったが、突然、半留の廓通いが止まる。若山が手紙を書いても返事がなく、後には「泪《なみだ》」という字ばかりを書いて送った。ようやく、半留から破産したとの手紙が来た。若山は着物と金子二十四両を彼に送り、廓に来るよう懇請する。忍んで来た半留は、若山と三日後に心中死すると約束した。当日、死装束の両人が死のうとする直前、若山は思わず「かなしや」と声をあげた。廓の人々に捕えられた半留は、持参した刀が実は箔置《はくおき》の木脇差であることを見せ、若山の誠実さをためすための狂言だとうちあける。若山は命を惜しんだのではなく、いとしい男を殺すのを悲しんで声をあげたのだった。半留は若山を身請けし、親元にかえすとすぐに、明石に会いたいと申し込む。明石は、若山への義理から断ろうとするが、半留は、「自分を怖いと思わなければ逢ってくれ」と頼む。明石は、「知恵自慢が憎い。ならば、破産させてやろう」と、半留と会う。二人とも遊びの達人、その遊びぶりは人も見習うほどであった。

前節で取り上げた『好色一代男』とは異なった視点から、西鶴は廓を描いた。遊女の方から揚代を送ったり、心中死を承諾するのは、ゲームのような性格の強い通例の口舌《くぜつ》（客と遊女の痴話喧嘩）の範囲を逸脱している。若山のように、客に一途な恋愛感情をもつことは、遊女の敗北でもある。一方、若山を最後まで信用できず、口舌の論理で処理した半留と、彼を破産させてやろうという明石。プロフェッショナルな両者の遊びこそが、廓の理想的な人間関係であった。

このような廓の描き方から、人間性の無視される廓の非情さが浮き上がってくる。『好色一代男』では、廓は非人間的場としては描かれなかった。古典世界を俳諧化することと、諸分書をふまえることとの差が、廓を描く視点の相違となったのであろう。

が、西鶴の遊女観そのものには、両作品の間に大差がない。客に対して真摯な感情をもつと同時に、理知的に思えるほど主体的に行動する女性が『一代男』の夕霧や吉野であった。若山のように、半留への恋愛感情の強さのあまり意志的姿勢を放棄した遊女に、西鶴は同情を寄せるが、共感はしない。

廓の非人間的制約のなかで行為する人間を西鶴が描く時、素朴なヒューマニズムが感じられるのは、西鶴の、このような人間観に根拠があると思う。身分・性差・職業などの相違を超えてしまうような西鶴の視線は、同時代の好色本作家にはないものであった。

第四章　浮世草子の展開

貞享三年刊『好色一代女』巻一の一，六丁表の挿絵。（早稲田大学図書館蔵）

I　貞享年間の西鶴

岡田三郎右衛門・森田庄太郎

前章で、貞享元年（一六八四）に刊行された江戸版『好色一代男』と『諸艶大鑑』について述べた。前述のように、この年は、西鶴が、住吉社前で空前絶後の矢数俳諧、二万三千五百句独吟を成就した年でもあった（108ページ参照）。矢数俳諧の実質的終焉と『諸艶大鑑』の好評とは、元禄元年（貞享五年九月改元、一六八八）頃まで、西鶴を浮世草子の執筆に専念させたようだ。が、何度か繰り返したように、西鶴は俳諧師をやめたわけではない。「二万翁」の号に象徴されるように、矢数俳諧の覇者としての矜持《きょうじ》を抱き続けた。

この時期の西鶴の浮世草子刊行は、池田屋（岡田）三郎右衛門と森田庄太郎の二軒の大坂書肆を主版元にする場合が多い。『諸艶大鑑』を出版した池田屋三郎右衛門については、前章で触れた。森田庄太郎は、延宝七年（一六七九）刊『難波鶴』の「書物屋」の項に、「御堂前　本や庄太郎」と記されるので、この頃から営業を始めていたと思われるが、最初の刊行書は、貞享元年五月刊『続歌林良材集』のようである。以降、西鶴の『椀久一世の物語』（貞享二年二月刊）、『好色五人女』（貞享三年二月刊）、『日本永代蔵』（貞享五年正月刊）を上梓し、営業を拡大した。

他の書肆では、『男色大鑑』（貞享四年正月刊）などを出版した深江屋太郎兵衛、この書肆は延宝七・

八年頃に、西鶴俳書を専《もっぱ》ら上梓した俳書専門の本屋だったことは、すでに述べた（92〜95ページ参照）。また『武家義理物語』（貞享五年二月刊）の主版元となった大坂・安井加兵衛などがいた。

池田屋三郎右衛門は文政年間まで百年以上、森田庄太郎は宝暦年間まで八十年以上営業を続けた大書肆に成長するが、この頃はまだ創業間もない本屋である。彼らは、西鶴の浮世草子が、江戸・京都へと販路を拡大するにつれ、育っていった新興出版資本であった。西鶴が大坂の俳書出版に商業主義を持ち込んだことは前述したが（95〜101ページ参照）、彼が大坂書肆を主導する傾向が、貞享年間の浮世草子の刊行にもうかがわれる。

貞享年間に上方で刊行された西鶴の浮世草子とその初版の版元をあげる。

〈貞享元・四十三歳〉四月、『諸艶大鑑』大坂池田屋（岡田）三郎右衛門

〈貞享二・四十四歳〉正月、『西鶴諸国はなし』大坂池田屋（岡田）三郎右衛門

二月、『椀久一世の物語』大坂森田庄太郎

〈貞享三・四十五歳〉二月、『好色五人女』大坂森田庄太郎・江戸万屋清兵衛

六月、『好色一代女』大坂岡田三郎右衛門

十一月、『本朝二十不孝』大坂岡田三郎右衛門・同千種五兵衛・江戸万屋清兵衛

〈貞享四・四十六歳〉正月、『男色大鑑』大坂深江屋太郎兵衛・京都山崎屋市兵衛

三月、『懐硯』版元未詳

四月、『武道伝来記』大坂岡田三郎右衛門・江戸万屋清兵衛

〈貞享五・四十七歳、九月に元禄と改元〉

正月、『日本永代蔵』大坂森田庄太郎・京都金屋長兵衛・江戸西村梅風軒

二月、『武家義理物語』大坂安井加兵衛・京都山岡市兵衛・江戸万屋清兵衛

三月、『嵐は無常物語』版元未詳

六月、『色里三所世帯』版元未詳

十一月、『新可笑記』大坂岡田三郎右衛門・江戸万屋清兵衛

九月以前、『好色盛衰記』大坂江戸屋荘右衛門・江戸平野屋清三郎

西鶴の人気は、貞享二・三年中には、大坂はもとより江戸と京都でも決定的となった。西鶴と大坂書肆に対抗した京都の西村市郎右衛門と永田長兵衛が貞享三年に刊行した四作品『好色三代男』『諸国心中女』『浅草拾遺物語』『好色伊勢物語』には、いずれも西鶴作品の影響がみられる。なかでも『好色三代男』は書名、文体まで西鶴を模倣し、明治時代には西鶴の著作と誤解されるほどであった。貞享四年に、京都永田長兵衛、山本八左衛門と江戸西村半兵衛から出版された『一休咄』には、「今の世の中、咄につき、人の心好色に成けるより、西鶴もてはやさる」と西鶴の評判を、皮肉まじりに認めた記述がみられる。

江戸では、貞享三年に『好色一代男』の概要を上段に、菱河師宣の画を下段に大きく載せた絵本『大和絵のこんげん』『好色世話絵づくし』が刊行された。この頃から、西鶴本の相版元に江戸の万屋清兵衛が登場する。井上隆明氏編『近世書林板元総覧』によれば、この書肆の最初の刊行物は、貞享元年刊『無常重夢物語』のようなので、老舗の本屋ではない。西鶴本の江戸人気に便乗して、西村本に

おける西村半兵衛のような役割を果たしたのであろう。

『諸艶大鑑』が諸分書の叙述を意識しながら書かれたように、西鶴の浮世草子は、先行文芸をふまえながら、独自の世界を展開する。創作意識の展開という観点から、作品の変遷が、執筆・刊行時期の順に説明されることが多いが、本書では、西鶴の意識した先行書ごとに、作品の概要を述べたいと思う。

「説話」の小説

貞享二年（一六八五）刊の『西鶴諸国はなし』五巻は、『諸艶大鑑』についで出版された西鶴の三作目の浮世草子である。合計三十五話の諸国の奇談を編集した説話集であるが、従来の説話とは異なった斬新な内容をもつ。

書名は、目録に「近年諸国咄《きんねんしよこくはなし》／大下馬《あふげば》」、題簽《だいせん》には「絵入西鶴諸国はなし」と記される。遺作を除き、題名に「西鶴」とつけた例はこの作品だけなので、本書の成立について、様々な推測が試みられた。私は、だいたい次のような出版経過をたどったのではないかと思う。

現存本で、最も刷りの良い本は、雲形地巻竜紋行成表紙の中央に題簽を貼るという珍しい意匠がこらされている。塩村耕氏の指摘するように、この題簽は江戸版の様式に似ており、巻竜紋の表紙は、江戸で流行したものである。▼注① 江戸で好評を得た『諸艶大鑑』を前年に刊行したばかりの池田屋三郎右衛門と西鶴とが、本書の江戸における販売を意図した可能性は高い。

一方、上方でも、この種の装幀が流行した。紗綾形《さやがた》地巻竜紋表紙という、『諸艶大鑑』『西鶴諸国はなし』『好色五人女』の再版本にも使用された独特の表紙を上方に持ち込んだのは、恐らく、江戸に西村半兵衛という売捌元《うりさばきもと》をもっていた京都の西村市郎右衛門であろう。『西鶴諸国はなし』と同時期に刊行された『宗祇諸国物語』、翌年の『好色三代男』『諸国心中女』にはこの表紙が用いられ、貞享二・三・四年刊行の西村本の題簽は、歌書類は左肩、物語類は中央に題簽を貼るという、二条派の伝統様式に倣って、皆中央に貼られている。

池田屋は、江戸での販売ばかりではなく、上方での流行も考え、『西鶴諸国はなし』に江戸版風な装幀を施した。したがって、刊記どおりに本が出刊されたとすると、書名も装幀もよく似た『宗祇諸国物語』『西鶴諸国はなし』の二書が、それぞれ京と大坂で同時に刊行されたことになる。前年の貞享元年には、『服忌令』を無届出版した板木屋惣兵衛が処罰される事件があった。四月には「服忌令開板致し候者之儀ニ付町触」、十一月には「当座之替りたる事板行致し売候儀無用之事」の町触《まちぶれ》が出される。幕府の出版取締《とりしまり》の強化にあたって、本屋間の情報交換が頻繁に行われたと想像される。

このような情況下では、両書近刊の情報が、西村屋・池田屋双方に、事前にもれた可能性があろう。どちらかというと、私は、西鶴・池田屋側が『宗祇諸国物語』の江戸版風装幀を真似たのではないかと推測する。好色風俗を取り扱った『好色一代男』『諸艶大鑑』とは異なり、説話集の出版は京都の本屋の独擅場《どくせんじょう》であった。西村市郎右衛門には、天和三年（一六八三）に、『新《しん》御伽婢子《おとぎぼうこ》』を刊行した実績があった。

『諸艶大鑑』には作者名が記されていない。前述のように、貞享元年六月に二万三千五百句独吟を成功させた西鶴は、この興行で得た知名度を利用し、書名に西鶴をつけて、説話集という京都出版資本の得意とする分野に食い込むねらいがあったのかもしれない。いずれにしろ、『西鶴諸国はなし』の出版は、西鶴主導のもとで、上方と江戸との市場動向を強く意識したものであった。

が、本書の売れ行きは芳しくはなかったようだ。のちに、都の錦が『元禄大平記』(元禄十五年・一七〇二刊)で「むかしより今にいたりて、みざめせずしておもしろき物は、御伽婢子《おとぎぼうこ》、可笑記《かしやうき》、意愚智《いぐち》物語なるべし。又近年板行ありしには、宗祇諸国《さうぎしょこく》物語、武道伝来《ぶだうでんらい》、御前於伽《ごぜんおとぎ》、此等《これら》は万代不易《ふゑき》の書なり。」と記すように、『宗祇諸国物語』の方が、当時の読者の支持を集めた。『西鶴諸国はなし』の現存本がきわめて少なく、『諸艶大鑑』のように再版された形跡もないことからも、本書の不評が裏づけられる。文学史の上では高く評価される作品だが、斬新な内容が、当時の文芸様式になれた読者に、受けいれがたかったのであろう。

たとえば、巻四の二「忍び扇の長歌」は次のような話である。

さる御大名の美貌の姫に一目ぼれした、女に好かれそうもない男がいた。この男は恋慕のあまり、奥方へ奉公に出る。それから二年がたった。縁は不思議なもので、この恋がみのり、二人は出奔した。が、長屋住まいの生活にも困窮して、姫君も手ずから洗濯をするほどだった。屋敷からは追手がさしむけられる。半年後に男は殺され、女は捕えられた。自害をせまる大殿の命令にそむき、この女は出家したという。

自害を拒否する姫は「我《われ》、命《いのち》おしむにはあらねども、身の上《うへ》に不義はなし。人間《にんげん》と生《しやう》を請《うけ》て、女の男只一人持《もつ》事、是作法《さほう》也。あの者下《ものした》々を、おもふは是縁《これゑん》の道《みち》也。おの〳〵世《よ》の不義《ふぎ》といふ事をしらずや。夫《おっと》ある女の、外《ほか》に男《おとこ》を思ひ、または死別《しにわか》れて、後夫《ごふ》を求《もとむ》るこそ、不儀《ふぎ》とは申べし。男なき女の、一生《しやう》に一人の男を、不儀とは申されまじ。又下《した》々を取《とり》あげ、縁《ゑん》をくみし事は、むかしよりためし有。我《われ》すこしも不儀《ふぎ》にはあらず。その男《おとこ》は、ころすまじき物を」と、堂々と大名に抗弁する。本話は、『更級《さらしな》日記』の「竹芝寺伝説」、天和元年に大和国宇陀郡松山の織田家で起きた事件、あるいは摂津丹生山田庄の白滝姫の恋愛譚などの種々の典拠が指摘されているが、私は、このような話が「諸国はなし」として編纂されていること自体に注目すべきだと思う。

近世の説話集に大きな影響を与えた鈴木正三の『因果物語』にしろ、浅井了意の『御伽婢子』にしろ、仏教理念に基づいた伝聞や和漢の古典籍の逸話が収集されたのは、談義僧の種本的性格をもったからであった。近世説話集は、次第に文芸化し、宗教的要素が稀薄になる傾向が強まるけれども、宗教的、啓蒙的姿勢を咄手《はなして》がもつことが、この文芸様式に不可欠であった。

西鶴は、序文で「世間《せけん》の広《ひろ》き事、国々を見めぐりて、はなしの種《たね》をもとめぬ。（略）是をおもふに人はばけもの。世にない物はなし。」と述べる。「竊《ひそかに》閲《ひらきみれ》ば、都鄙《とひ》遠近《ゑんきん》の人の邪正《じやしやう》を明《あか》し、誉謗《よばう》をかたり、出所名字《しゆつしよみやうじ》を顕《あらは》す（『宗祇諸国物語』序）」、「我にひとしき痴人《ちにん》のために、わくらは邪《じや》をいとひ、正《しやう》におもむかんよすがにも成なんかし（『新御伽婢子』序）」のような説話集の通例の序文と比較すれば、『西鶴諸国はなし』の説話収集の姿勢がいかに特異であったかわかるであろう。人間の不思議さに焦点をあてて奇談を編纂することなど前代未聞だった。

当時の読者には不評だったかもしれないが、本書には佳作が多い。たとえば、傘《からかさ》を見たことのない里に飛来した傘が御神体にされる。そのうちに性根が入り、若い娘を求める。村人が、かわりに後家を差し出したところ、何もおこらなかった。立腹した後家は「御殿《ごてん》にかけ入、彼傘《かのからかさ》をにぎり、おもへば、からだたをし目と、引《ひき》やぶりて捨《すて》つる。」（巻一の四「傘の御託宣」）といった艶笑コント風な作品もある。巻一の三「大晦日《あふつごもり》はあはぬ算用《さんやう》」は、侍の義理をテーマにした短編である。

原田内助《ないすけ》という浪人《ろうにん》が十両の金を得た。七人の浪人仲間を呼んで披露に及んだところ一両紛失した。一人ずつ僉議《せんぎ》したが、小柄《こづか》を売ってたまたま一両持っていた侍がいた。身の不運と自害しようとする。そこに一両が投げだされた。その時、内助の内儀が紛失した一両を探しだした。投げだされた一両を客に返そうとするが、受け取り手がいない。内助は、この小判を一升ますに入れ、庭の手水《ちょうず》鉢の上に置き、一人ずつ客を帰した。「其後《そののち》、内助《ないすけ》は、手燭《てそく》ともして見るに、誰《たれ》ともしれず、とつてかへりぬ。あるじ即座《そくざ》の分別《ふんべつ》、座《ざ》なれたる客《きやく》のしこなし、彼是《かれこれ》武士《ぶし》のつきあい、各別《かくべつ》ぞかし。」

武士の義理を讃美する意図が、建て前としては貫かれているが、一場の心理劇としても読める作品である。西鶴が、説話集の常套に反して、多様な人間のあり方に着目したことによって、現代の読者の想像力を刺激する、このような佳作がうまれたのであろう。

注①▼塩村耕氏「西鶴と出版書肆をめぐる諸問題」（「国語と国文学」一九九三・十一）

「風俗書」の小説

『好色一代男』『諸艶大鑑』は諸国の遊里風俗を網羅したが、『好色一代女』（貞享三年刊）は、一人の女性主人公が様々な職業に就いて「好色」を体験する。『二人比丘尼《びくに》』『七人比丘尼』等の懺悔物仮名草子、諸分書『けしずみ』などが、尼の懺悔という本書の文芸様式に影響を与え、『色道大鏡』『都風俗鑑』など好色風俗を述べた風俗書が内容面でふまえられている。

主人公の一代女（名がつけられていない）が経験する、宮仕い・踊子・太夫・天神・鹿恋《かこい》・寺小姓・大黒・女祐筆・腰元・歌比丘尼・御髪上《かんあ》げ・蓮葉・居者《すえ》・暗女《くら》・惣嫁《そうか》などの様々な階層での好色風俗を、読者に提示すること、さらに、種々の風俗を、「懺悔は過去の罪を滅す（『花の名残』）」という仏教理念に依拠しながら、伝統的懺悔物の枠組のなかで叙述することが、『好色一代女』で試みられた方法であった。

本書の発端「老女のかくれ家」は、二人の若者が、隠棲する一代女の話を聞きに訪れるところから始まる。「好色庵」に住む彼女は「﨟闌《らうたけ》て三輪組《みつわぐみ》、髪《かみ》は霜《しも》を抓《けづ》つて、眼《まなこ》は入かたの月影《かげ》かすかに、天色《そらいろ》のむかし小袖に八重菊《へぎく》の鹿子紋《かのこもん》をちらし、大内菱《おほちびし》の中幅帯前《ちうはゞおびまえ》にむすびて、今でも此靚粧《よそひ》、さりとては醜《みにく》からず」と描写され、挿絵（155ページ本章扉参照）にもそのように画かれている。懺悔物の語り手である尼は、僧衣をまとうのが通例である。始章の一代女を、「さりとはうき世のしゃれもの／今もまだうつくしき（目録）」有髪《うはつ》の尼姿に描いた点に、西鶴の意図した趣向があった。

西鶴は、発端の一代女に、『遊仙窟』に描かれた「神仙の窟宅《イハヤ》」で張文成を歓待した美女、十娘《じゅうじょう》・五嫂《ごそう》の俤《おもかげ》を付した。このエロチックな中国小説は数種の版本になり、当時の人々によく知られていた。本書では、「何怜《うつくし》　靚粧《よそひ》　調謔《たはぶれ》　邂逅《たまさか》　面子《かほばせ》」等の『遊仙窟』を模倣した用字が使われ、挿絵の、一代女が琴を弾き、若者が尺八を吹く場面は「十娘が曰《いは》く、五嫂は箏を詠ず、兒《わらは》は尺八のふえを詠ぜん」に対応するなど、読者に、一代女が仙境の老女であるかのような印象を与えている。

西鶴は、『遊仙窟』を意識的に読者に示すことによって、懺悔物の主人公から、仏教臭さを取り除いた。終わりの二章を除き、一代女の性の遍歴には懺悔の要素が薄い。物語が発心に収まっていく懺悔物の様式とは異なり、彼女は悔恨とは無縁な変身をとげていく。

『好色一代男』は、三都の遊里を古典の堂上世界と重ね合わせることが作品の基調をなしていたが、『好色一代女』では、始章に「されば公家《くげ》がたの御暮《くら》しは、歌《うた》のさま、鞠《まり》も色にちかく、枕隙《まくらひま》なきその事のみ」と記されるように、上層文化を形成していた堂上世界さえもが、ただ「性」の視点からとらえられるだけである。人間のみならず、都／鄙、今時／古代のような本作品の時空さえ、「性」から構成される。

本書は、『好色一代男』のように、文化の対立的構造が作品に虚構化されているのではなく、「性」の視点から作品全体が構成されていることに特徴がある。女性を性欲から描いたという明治の自然主義者の直観は、その意味では的を射ていたが、もっと正確に言うなら、一代女は貞享期の現実社会を背景に行為しているのではなく、「性」の視点から再構成された架空の時空のなかで変身をとげたのだ。

ところが、本書の終結部にいたると、一代女の懺悔と発心とがクローズアップされる。

玉造《たまつくり》といふ町はずれ、みせなしの小家《こいゑ》がちなる、物の淋《さび》しく、昼《ひる》さへ蝙蝠《かうもり》の飛《とぶ》、うらがし屋を隠住《かくれずみ》に世をわたる。（略）惜《おし》からぬは命《いのち》、今といふ今、浮世《うきよ》にふつ〳〵とあきぬ。ゆく年もはや六十五なるに、うち見には四十余《あま》りと、人のいふは、皮薄《かわうす》にして、小作《こづく》りなる女の徳《とく》なり。それも嬉《うれ》しからず。一生《しやう》の間《あひだ》さま〴〵のたはぶれせしを、おもひ出して、観念《くはんねん》の窓《まど》より覗《のぞけ》ば、蓮《はす》の葉笠《はがさ》を着《きた》るやうなる子共の面影《おもかげ》、腰《こし》より下《しも》は血《ち》に染《そみ》て、九十五六程も立ならび、声《こゑ》のあやぎれもなく、おはりよ〳〵と泣《なき》ぬ。是かや、聞伝《きゝつた》へし孕女《うぶめ》なるべしと、気を留て見しうちに、むごいか、さまと、銘々《めい〳〵》に恨《うらみ》申にぞ、扨《(さて)》は、むかし血荒《ちおろし》をせし親《おや》なし子かとかなし。（巻六の三「夜発の付声」）

一代女が、堕胎した胎児の霊に苛《さいな》まれる場面である。この一代女の形象には『玉造小町壮哀書』、謡曲『卒都婆小町』などに描かれた老醜の小町の俤《おもかげ》が濃厚である。終章「皆思謂《みなおもはく》の五百羅漢《らかん》」に至って、一代女は自分の「性」にもてあそばれた無数の男達の顔を、五百羅漢に見出し、「すぎし年月、浮流《うきなが》れの事ども、ひとつ〳〵おもひめぐらし。さても勤《つと》めの女程、我《わが》身ながらをそろしきものはなし。」と述懐、懺悔した。入水《じゅすい》するが救われて発心するという結末には、懺悔物の様式がそのまま踏襲されている。

通常の懺悔物とは異なり、本書では、一代女が、惣嫁《そうか》（路傍で客をとる最下層の売春婦）から発心する老女に、突然変身したかのような構成がとられている。これは最終章の発心が形骸化しているという意味ではない。読者は、菩提《ぼだい》を願う老醜の小町の俤の濃い終章を読んで、懺悔物という既知の様式に回帰したはずである。終わりの二章の存在が、最近まで、苦悩する一代女という読解の枠組を形成していたのと同じように、終章の発心から、西鶴の意図が仏道の勧進にあると理解した当時の読者がいても不思議ではない。終章はそのように機能している。

一代女の「念仏三昧《ざんまい》」は、つまりは「性」を放棄することであった。これは、世之介の女護の島渡りと同じく、物語を終わらせるための虚構であるが、同時に、懺悔すれば蘇生するという懺悔物の文芸様式に依拠しながら、『遊仙窟』の仙女のような隠棲生活をおくる始章の一代女へ橋渡しされた。

このように、『好色一代女』の方法は、構想の類似にもかかわらず、『好色一代男』の俳諧的手法とは大きく相違する。先行文芸の様式を換骨奪胎しながら、創作方法を作品ごとに変えていく西鶴の文芸活動は、唐突な連想かもしれないが、『虚栗《みなしぐり》』調の俳諧から、『野ざらし紀行』の旅に出、『冬の日』の新風にいたる、芭蕉のこの期の活動と共通する面があるのではないか。

ある到達点に安住しない精神が、元禄文化には充溢《じゅういつ》していた。

「芸能」の小説

ここで取り上げる作品は、『椀久一世の物語』（貞享二年刊）、『好色五人女』（貞享三年刊）、『男色大鑑』（貞享四年刊）後半部である。

『椀久一世の物語』は、『西鶴諸国はなし』刊行の翌月、大坂の森田庄太郎から出版された。原本が関東大震災で焼失したために、書誌的事項は未詳だが、他の西鶴の浮世草子より一まわり小さい半紙本、二巻二冊の書型であった。『浅草拾遺物語』のように、半紙本で出版された浮世草子はないわけではないのだが、西鶴作品としては異例である。恐らく、椀久（大坂堺筋の椀屋久右衛門という実在の町人）の最期物語（追善小説）の体裁をとることから、採用された書型であろう。貞享五年刊の、嵐三郎四郎という役者の最期物語『嵐は無常物語』も半紙本二巻二冊で上梓されている。

椀屋久右衛門が死んだのは、本書では刊行直前の「貞享元年十二月」のこととされているが、延宝五年九月七日とする説もある。菩提寺円徳寺過去帳によれば、延宝四年六月二十一日に没している椀屋久右衛門は、先代である可能性が高いので、西鶴の書いているとおり、椀久は貞享元年に死んだのだろう。西鶴が、際物《きわもの》のように本書を執筆したのは、貞享元年興行の大和屋甚兵衛の狂言を当て込んだからでもある。最終章に「世の取沙汰を大和屋が狂言につくりて、甚兵衛が身ぶり、其まゝ椀久を生《いき》うつし。是を見し人、恋を知るも知らぬも、泪を求めける。或時、甚兵衛椀久をまねきて、何か望み物ありやと尋ねければ、紙子紅《もみ》うら付けて物まねをする事ならば、其外に願ひはなしと云ふ。それこそ安けれと、俄にこしらへさせて待ちけるに、其後は面影も見えずなりにき。」と、この狂言にふれたエピソードを記している。

本書の上巻では、椀久が親の遺産を廓でつかいはたすまで、下巻では、破産した椀久が精神錯乱のうちに水死する顚末《てんまつ》が描かれる。他の西鶴作品に比べて、構成が緻密な点に本書の特徴があるが、これは大和屋の狂言をふまえているからであろう。

西鶴は、延宝七年刊の『句箱』や『道頓堀花みち』にみられるように、俳諧を通じて役者達と親交があった。貞享五年三月頃に真野長澄にあてた手紙の追而書《おってがき》には「尚〳〵鑑（鎌の誤り）くら新蔵芝居ニ、能子《よき》共出申候。人は何ともいへ、たつや（若女方上村辰彌）能子ニて候」などと、贔屓《ひいき》役者を記している。文面からは、西鶴の並はずれた上村辰彌への思い入れがうかがわれよう。また、前述のように、天和三年正月に、役者評判記『難波の顔は伊勢の白粉《おしろい》』を刊行するほど芝居通であった（115ページ参照）。歌舞伎は、彼にとって身近な世界だったのである。

歌舞伎だけではなく、西鶴は、浄瑠璃の造詣も深かった。貞享二年正月に、西鶴の書いた宇治加賀掾《かがのじょう》正本『暦』が刊行された。この年二月に、宇治加賀掾は、京から大坂（道頓堀）に下り、西鶴の『暦』を演じて、近松門左衛門作『賢女の手習并新暦』を語る竹本義太夫と対抗した。西沢一風の『今昔操年代記《いまむかしあやつりねんだいき》』によれば、この時は、近松・義太夫の方が客を集めたので上演を打ち切り、三月の二の替りに、西鶴の『凱陣八嶋《かいじんやしま》』を出したところ好評であったと言う。ところが、小屋が焼失したため興行は中止、加賀掾は京へ帰ってしまった。竹本座が勝利したわけである。

西鶴が、貞享二年春前後に、浄瑠璃二作を執筆したことは軽視できない。この直後に書かれ、貞享三年二月に刊行された『好色五人女』に影響を与えたと思われるからだ。

『好色五人女』は、演劇の影響の濃い作品の一つである。次に引用するのは、十六歳の八百屋お七が、同い歳の吉三郎の寝所に通う場面である。

其後は、心まかせになりて、吉三郎寝姿《すがた》に寄添《よりそひ》て、何共言葉《なにともことば》なく、しどけなくもたれかゝれば、吉三郎夢覚《ゆめさめ》て、なを身をふるはし、小夜着《よぎ》の袂《たもと》を引かぶりしを、引のけ、「髪《かみ》に用捨《やうしや》もなき事や」といへば、吉三郎せつなく「わたくしは十六になります」といへば、お七「わたくしも十六になります」といへば、吉三郎かさねて「長老《ちやうらう》さまがこはや」といふ。「をれも、長老さまはこはし」といふ。何とも此恋はじめもどかし。(巻四の二)

以前の作品に比べ、お七と吉三郎との会話のやりとりがリアルである。勝気なお七とウブな吉三郎との純真な初恋の様子が、二人の会話から浮きあがってくる。このような描写が可能となったのは、西鶴の演劇体験に負うところが大きいと思う。

『好色五人女』は各巻五章、全五巻から構成される。巻一「姿姫路清十郎物語」は、寛文二年に播州姫路で起きた但馬屋の娘お夏と手代清十郎との密通事件を扱った。七百両紛失の罪をきせられた清十郎は処刑、お夏は狂乱ののち出家する。巻二「情を入れし樽屋物語」は、貞享二年正月の、樽屋おせんと麹屋《こうじ》長左衛門との姦通事件。長左衛門の女房に疑われたおせんは、逆に「あんな女に鼻あかせん」と長左衛門と不倫に走る。おせんは自害、長左衛門は逃亡ののち、処刑される。巻三「中段に見る暦屋物語」は、天和三年九月に刑死した、大経師《だいきょうじ》おさんと手代茂右衛門との駈落《かけおち》事件を描く。丹後に隠れていた二人は発見され、粟田口《あわたぐち》にて処刑。巻四「恋草からげし八百屋物語」は、天和三年、放火の罪で、江戸市中引廻《ひきまわ》しの上、火刑に処せられた、江戸本郷の八百屋お七と吉三郎との悲恋を描いた。二人は火事の避難先の吉祥寺で知りあってから恋心をつのらせる。お七は、火事になれば吉三郎に逢えるかと放火、後日、お七の死を知った吉三郎は出家した。巻五「恋の山源五兵衛物語」は、最終巻のため、二人の恋がかなって終わっているが、素材となったのは、寛文三年薩摩で起こったおまんと源五兵衛との心中事件であった。

これらの事件は、歌祭文《うたざいもん》（流行歌謡）、狂言などで、巷間に流布していた。現存する歌祭文は、「大経師おさん歌祭文」「八百屋お七歌祭文」「おなつ清十郎浮名の笠」の三種で、必ずしも『好色五人女』以前のものであるという確証はないが、序章で述べたように、この種の事件は、噂話や芸能によって広まるのが常であった。たとえば、『松平大和守日記』寛文四年四月十一日の項には「此比《このころ》、江戸にはやりうたは清十郎ぶし也。勘三郎所にて狂言に仕出してからはやると也。」と記される。また『好色五人女』刊行時に近い時期に起きた大経師おさん・樽屋おせんの姦通事件については、本書刊行の一か月前に上梓された『好色三代男』と、本書と同じ二月に出された『好色伊勢物語』にも、次のように取り上げられている。

当世《とうせい》のはやり歌、こよひ天満《てんま》のはし〳〵きけば、なみだ樽《たる》やのなじみのと……（『好色三代男』巻三の七）

みやこのおさんがいたづらの名をのこし、なにわのおせんがみづから心もとをさして、なさけと名とをあとにとゝむ。（『好色伊勢物語』巻之一）

読者がよく知っている事件を素材にしたことは、本書の構成や描写に影響を与えた。事件の概要を伝えるよりは、場面場面の趣向に重点を置いて、『五人女』は執筆されたと思われる。巻五を除き、事件は悲劇的内容をもつが、西鶴は、必ずしも悲劇として各巻を描いてはいない。芝居の茶利場《ちやりば》（滑稽な場面）のような場面をはさんで、事件を虚構化した。

たとえば、清十郎とお夏との逃避行を描いた巻一の五「状箱《じやうばこ》を宿《やど》に置《をい》て来た男《おとこ》」には、次のような人物が登場する。

「おの〳〵のお仕合《（しあわせ）》、此風真艫《まとも》で御座る」と、帆《ほ》を八合もたせて、はや一里あまりも出し時、備前よりの飛脚《ひきやく》、横手《よこて》をうつて、「扨《（さて）》も忘《わすれ》たり」、刀《かたな》にくゝりながら、状箱を宿に置《をい》て来《き》た男、磯《いそ》のかたを見て、「それぞれ持仏堂《ぢぶつだう》の脇にもたし掛て置ました」と働《どや》きける。「それが爰《こゝ》から聞ゆるものか。ありさまにきん玉が有か」と船中声々にわめけば、此男念を入てさぐり、「いかにも〳〵二つござります」といふ。いづれも大笑になって「何事もあれじゃ物、舟をもどしてやりやれ」とて、揖取直《かぢとりなを》し、湊《みなと》にいれば「けふの道途《かどで》あしや」と皆々腹立《ふくりう》して、やう〳〵舟、汀《みぎは》に着ければ、姫路《ひめぢ》より追手《おつて》のもの、爰《(ここ)》かしこに立さはぎ、「もし此舟にありや」と人改《あらた》めけるに……

この間の抜けた飛脚のために、お夏・清十郎は捕縛されるのだから、小説の展開上重要な役割を演ずる人物ではあるが、その滑稽さが強調される。役者を特定できないものの、明らかに当時の道化方の演技をふまえた叙述であろう。本書には、このような茶利場が多出する。同じ笑いでも、『好色一代男』の俳諧的発想からの笑いとは、質の異なった演劇的笑いを、西鶴は読者に提供したのであった。

西鶴と歌舞伎役者との交流が、より直接、作品に盛り込まれているのが、貞享四年正月に刊行された『男色大鑑』八巻十冊のうち、巻五以降の後半部である。本書は、「なんぞ好色《かうしよく》一代男《おとこ》とて、多《おほ》くの金銀諸《きんぎんもろ〳〵》の女についやしぬ。只遊興《ただゆふけう》は男色《なんしよく》ぞかし。」と女色を否定し、「諸国《しよこく》をたづね、一切衆道《いつさいしゆだう》のありがたき事、残《のこ》らず、書集《かきあつ》め、男女《なんによ》のわかちを沙汰《さた》する。」（巻一の一）と、男色をテーマにした短編を編纂した。前半は主に武家社会に取材した話を載せる。

後半部では、当時の役者のエピソードや内情が描かれた。なかには、西鶴が実際に体験したことを書き込んだと思われる章もある。巻六の五「京《きやう》へ見せいで残《のこ》りおほいもの」は次のような話である。

貞享三年春に鈴木平八の演じた「他力本願記」は非常に評判がよく、近隣の片田舎からも人々がおしかけた。三月三日には、庶民はもとより上流の人々もみな道頓堀で芝居見物した。見ていると、興奮のあまり失神した娘がいた。この娘は、平八への恋わずらいから三月八日に死んだ。この日、平八は、坂田銀右衛門方で竹本義太夫、伊織らに浄瑠璃を語らせていたが、やはり病となり、女の姿が見えると言って、閏《うるう》三月八日に、二十三歳で没してしまった。

鈴木平八が急死したのは貞享三年、「他力本願記」は同年の大和屋甚兵衛座の興行であるから、本書刊行直前の、時事性の強い話題を一章に仕立てたことになる。失神した女を介抱する場面は、「芝居《しばゐ》は追出《をひだ》しの太鼓《たいこ》を敲立《たゝきたて》、どや〳〵とするに、つき〴〵の奴僕《ぬぼく》は、「水《みつ》よ、薬《くすり》よ」と噪《さは》ぐ。此道《みち》すきもの、我《われ》なれば、最前《さいぜん》より、とくと目《め》きゝはして置《をく》。心根《こゝろね》ふびんさに、其まゝ医者分《いしゃぶん》になって、巾着《きんちゃく》さぐりながら桟敷《さじき》に飛《とび》あがり、年玉《としだま》にもらひし延齢丹《えんれいたん》をのませければ、漸々《やう〳〵》として息出《いきいで》、乗物《のりもの》に入て帰《かへ》りける。」と描かれるが、ここに登場する「我」は西鶴自身と考えられなくもない。

このような際物《きわもの》性の強い話ばかりではなく、若衆歌舞伎時代の話柄をあつかった章もある。若衆歌舞伎時代の塩屋九郎右衛門座には、岩井歌之介・平井静馬などの美しい若衆がいた。ある時、堺の実直な金持ちの老人が芝居見物に出かけ、思いつめたように静馬のあとをつけた。老人といえども衆道の義理をたてようとする静馬に、その老人は、恋わずらいの子息と会ってくれと頼む。承諾した静馬のもとにあらわれたのは、娘であったが、静馬は一夜の情をかけた。後、その女は病死した。思わぬことに人の命を取ってしまったと、三津寺に参詣した静馬が白衣を着ているように、人々には見えた。その暮方《くれかた》、静馬は死んだ。

この章（巻五の二「命乞《いのちごひ》は三津寺《みつでら》の八幡《まん》」）では、今昔の若衆気質の相違を述べる部分が、かなりの量に及んでいる。過去の実在した若衆を理想化して、現在を批判する叙述は、歌舞伎世界を立体的に描出する効果をあげた。他の章にも、本文と挿絵に過去と現在の実在の役者が配されている。『男色大鑑』は、大坂深江屋太郎兵衛・京都山崎屋市兵衛の相合版で出版されたが、この時期の浮世草子としては、群をぬいた見事な版面をもつ。特に、定紋まで付して画いた役者の挿絵は、役者評判記と同じように享受されたのであろう。

元禄末期から宝永にかけて、江島其磧《きせき》の『役者口三味線』（元禄十二年・一六九九刊）の影響をうけた役者評判記の流行や、西沢一風『風流御前義経記』（元禄十三年刊）の好評によって、浮世草子に演劇の趣向が多く取り入れられた。実在の役者が架空の小説の登場人物として活躍する『けいせい請状』（元禄十四年刊）のような作品も出版された。元禄十七年刊『男色歌書羽織』にいたっては、『男色大鑑』の役者名だけを新しく変えて、多くの文章を剽窃《ひょうせつ》した。『けいせい請状』（元禄十四年）、『女大名丹前能』（元禄十五年）、『元禄大平記』（元禄十五年）、『飛鳥川当流男』（元禄十五年）、『男色木芽漬』（元禄十六年）などには、実在の役者が挿絵に画かれるが、『男色大鑑』ですでに行われたことであった。この期の浮世草子の流行を先導した江島其磧も西沢一風も、西鶴への心酔を広言した作者である。『男色大鑑』後半部の与えた影響は、大きかったと思う。

「教訓書」の小説

貞享三年十一月に刊行された『本朝二十不孝』の序文は、次のようなものであった。

雪中の笋《たかんな》八百屋にあり。鯉魚は魚屋の生船にあり。世に天性の外祈らずとも、夫々《それぞれ》の家業をなし、禄を以て万物を調へ、教を尽せる人常也。此《（この）》常の人稀にして悪人多し。生としいける輩、孝なる道をしらずんば、天の咎を遁るべからず。其例は、諸国見聞するに、不孝の輩眼前に其罪を顕はす。是を梓にちりばめ、孝にすゝむる一助ならんかし。

数種の版本で人口に膾炙《かいしゃ》していた『二十四孝』の孟宗と王祥の故事をもじることから始まり、「孝にすゝむる一助ならんかし」と教訓性が強調されている。将軍綱吉の孝道奨励政策の影響もあって、『二十四孝』のような中国種の孝子説話とは別に、日本の同時代の孝子にも取材した藤井懶斎《らんさい》の『本朝孝子伝』が前年に刊行されるなど、孝道奨励が時代の風潮となる情勢であった。このような世相を意識しての序文であろう。

が、二十四孝を二十不孝に置き換えた書名からうかがわれるように、孝子ならぬ不孝者を主人公とした二十の短編からなる本書は、序文の教訓的姿勢とはうらはらな作品世界を展開した。序文に応ずるような「世にかかる不孝《かう》の者、ためしなき物がたり。懼《（おそ）》ろしや、忽《たちま》ちに、天是《てんこれ》を罰《ばつ》し給ふ。慎《つゝし》むべし〳〵。（巻一の二）」「縁結《えんむす》びて二たび帰《かへ》るは、女の不孝《かう》是より外《ほか》なし。（巻一の三）」「此藤助《とうすけ》が身《み》の難儀《なんぎ》は、皆親《みなをや》の言葉《ことば》を背《そむ》きし罰《ばち》ならんとおもひやりぬ。（巻二の三）」のごとき教訓的言辞を文章にちりばめてはいるが、教訓書の枠組に収まりきらない多様な視点から不孝を描くことに、西鶴の意図があった。

本書は、宝永四・五年（一七〇七、八）頃に『新因果物語』と改題される。たしかに、因果応報の仏教的理念から不孝を描いたと思われるような短編も多い。

巻二の二「旅行《りよかう》の暮《くれ》の僧《そう》にて候」は次のような話である。

紀州熊野に住む九歳の小吟という娘は、親をそそのかして、旅僧を殺させ、小判を奪う。のちに和歌山の武家に奉公するが、主君に恋を仕掛けた上、奥方を殺害して逃亡する。かわりに捕えられた親は、小吟が自首しないため処刑される。その日は、くしくも僧を殺した七年目の同月同日であった。翌日出頭した小吟も刑死した。

「此者、出家を殺《ころ》せし因果《ゐんぐは》の程《ほど》をかたりて、七年目《ねんめ》にめぐり、月も日もあすに当《あた》れり。」と一応因果応報譚の様式がとられているが、この短編には、悪因悪果の理法を越えた西鶴独自の視点がある。九歳の子供の殺人教唆《きょうさ》。いったんは旅僧を温かくもてなした小吟が犯意をいだくまでの屈折。殺人の動機となった小判。民話などによくある旅僧殺しの仏教説話と異なり、西鶴の視線は、殺人を犯す人間の心理や金銭の魔力に注がれた。

孝道を説く儒教倫理や仏教の理法で現実を律することより、現実社会への素朴な関心が西鶴の文芸を支えている。因果応報的要素の強い章として、もう一例、巻三の四「当社《たうしや》の案内《あんない》申程《ほど》おかし」を取り上げる。

親に先立たれ、二十六、七になっても縁付かぬ娘がいた。鎌倉若宮八幡の参詣人の案内を業とする金太夫という素姓の知れぬ男が、この娘に入聟《いりむこ》した。金太夫は娘が持仏堂に御灯《みあかし》をともすのを見て仏壇を荒らすような男だった。二人の間の子は三歳になると、灯の油をのみほす奇癖を示す。そして五歳の時に、父親が油売りを殺した様子をまざまざと語った。凶行のばれた金太夫は、科《とが》のない女を殺し自害した。子供の行方は知られない。

殺人の因果が男に報いたというだけでなく、西鶴の目は「科《とが》もなき女」にも注がれている。「毎日持仏堂を明《あけ》て、御灯《みあかし》を揚《あぐ》る」信仰心の厚い、薄幸の女性であるにもかかわらず、金太夫に殺されてしまう。通常の因果応報譚なら、この女性の現世での不幸の因果を前世にもとめる叙述を加えざるをえなかったであろう。前引の小吟は、自首しないで親を見殺しにした点、この話の金太夫は、義理の親(娘の実父母)の位牌を荒らした点が「不孝」なのであろうが、西鶴は、この二章にみられるように、話柄すべてを、孝・不孝の価値観で処理しようとはしない。この点が、仏教説話・教訓書と『本朝二十不孝』とを大きく隔てているのである。

このような、作品の枠組と内容との矛盾的関係は、武士社会の「衆道・武道・義理」をテーマにした、武家物と称される一連の作品にもうかがわれる。『男色大鑑』(貞享四年・一六八七正月刊)前半部、『武道伝来記』(貞享四年四月刊)、『武家義理物語』(貞享五年二月刊)は、もちろん儒教的教訓書とは異なるが、後の二書は、戦を知らない武士に新しい武士道の規範を示そうという姿勢が序文で強調されている。

中古武道の忠義、諸国に高名の敵うち、其はたらき聞伝て、筆のはやし、詞の山、心のうみ静に、御松久かたの雲に、よろこびの舞鶴、是を集ぬ。(『武道伝来記』序)

弓馬《きうば》は侍《さぶらい》の役目《やくめ》たり。自然《しぜん》のために、知行《ちぎやう》をあたへ置《をか》れし主命《しうめい》を忘《わす》れ、時《とき》の喧嘩《けんくは》、口論《こうろん》、自分《じぶん》の事に一命《めい》を捨《すつ》るは、まことある武《ぶ》の道《みち》にはあらず。義理《ぎり》に身を果《はた》せるは、至極《しごく》の所《ところ》、古今《ここん》その物《もの》がたりを聞《き》つたへて、其類《そのるい》を是《こゝ》に集《あつむ》る物《もの》ならし。(『武家義理物語』序)

ところが、「中古武道の忠義」「まことある武の道」を示すという、序文に述べる教訓的枠組をはみだす内容の短編が多く存在する。たとえば『武道伝来記』巻四の三「無分別《むふんべつ》は見越《みこし》の木登《きのぼり》」では、敵討に成功した侍が処刑されてしまう。

肥後国の出頭人大壁源五左衛門の中間《ちゅうげん》が木に登ったところを、隣家の安森戸左衛門が鉄砲で撃ち落とす。双方が切り合い、源五左衛門は落命、子の小八郎は仇討に出る。途中、母親と叔父とが助太刀《すけだち》に同道するが、美濃国関が原で追剥《おいはぎ》にあい、彼を残して殺害される。同国国府で下僕として仕えた白峯村右衛門が敵の戸左衛門とわかり、小八郎は、見事に仇討をとげた。ところが、肥後国では国主がかわって仇討だと認められず、小八郎は主殺しの汚名をきたまま、美濃で処刑された。

本話は「諸国に高名の敵うち」というよりは、敵討の悲劇、むなしさが一編のテーマであるような印象さえある。国元で代がわりした大名から忘れられた小八郎の悲劇は、親の源五左衛門が、新参の出頭人であったことによるのではないだろうか。譜代の家臣と官僚的能力にたけた新参の武士層との対立は、しばしば当時の御家騒動の原因となった。西鶴は、善悪の単純な論理から、敵討を描いているわけではない。

巻六の四「碓《いしうす》引《ひく》べき埴生《はにふ》の琴《こと》」は次のような男色がらみの仇討の話である。

大守の命令で、大小姓《こしょう》の赤西専八は、理由のわからぬまま出崎新五平を上意討する。新五平の妻は、庄之助を出産、里から譲られた新羅琴と大小刀をはなさず、貧しい暮しをしていた。この里に近い城下に仕官していた専八は、野遊びの途中、琴の音に誘われ、この母子のわび住まいを訪れた。専八と念契を結んだものの、父の敵だと母に知らされた庄之助は、やむをえず、専八と同じ枕に死んだ。母親も自害した。

本話では、衆道の義理から仇討の助太刀をするという類の話とは逆に、敵同士が念契を結んだ悲劇がテーマとなっている。さらに、悲劇のもとが、理由もなく上意討を命じた大名にあることを、西鶴は、それとなく読者に示している。このように、理念的な敵討の賞賛とは随分違った態度で執筆された短編が多くみられることに『武道伝来記』の特徴があった。

『武家義理物語』で描かれる義理も、きわめて多様である。佳作として、評価の高い短編だが、巻一の五「死《しな》ば同《おな》じ波枕《なみまくら》とや」は、預かった同役の子が水死したので、我子にも死を命じた侍の義理を描いた話である。この悲劇の原因も、もとをただせば、家臣が止めるのも聞かず「血気《けつき》さかんにましまして、是非《ぜひ》をかんがへ給はず、御心のまゝに越《こせ》よと仰《あふ》せ」られて、渡河を強行した若殿の無謀さにあった。

巻五の五「身がな二つ二人の男に」は、敵同士とは知らずに、二人の男を愛してしまった遊女が「二人の勝負《しやうぶ》つかざるうちに、すみやかに自害《じがい》して」果て、二人の侍は、その死骸を脇に見ながら、相討となる。この話では、武士よりも遊女の義理の方に、焦点があてられた。

男色の美意識から武家の衆道を描いた『男色大鑑』の前半部でも、しばしば敵討が登場し、『武道伝来記』『武家義理物語』と似た話が編纂される。巻二の一「形見《かたみ》は弐尺三寸」は、惚《ほ》れた若衆の敵討を、影のようによりそって助ける武士の話である。

さる大名の寵愛深い中井勝弥は、母の遺書から、父玄蕃《げんば》の敵竹下新五右衛門が吉村安斎と名をかえ、筑後国柳川に潜伏するのを知る。殿の寵愛が薄れたのを機に、勝弥は寛永九年十月十二日、敵討の旅に出た。京で、かつて彼を慕い、乞食《こつじき》に落ちぶれた旧知の片岡源介と会う。翌年三月二十八日、追手をふせぐため、逃げ道の土橋を切り、船を用意した源介の助力を得て敵討に成功。彼の陰ながらの助太刀を知る。両人帰参し、兄弟分となった。

この敵討は、勝弥への大名の寵愛にかげりが出たから可能となった。武士の捨て身の衆道の義理が、この章のテーマであるが、寵童が大名から飽きられなければ、三角関係の悲劇が生じたであろう。一般の教訓書のごとく、教訓・倫理が単純に作品内容にはねかえるような内容を西鶴の武家物はもっていない。侍の世界が、芝居や町人社会のように西鶴の直接体験したことのない領域なので、作品のテーマが一貫しないといった見解が通説であるが、私はそのようには考えない。『本朝二十不孝』の場合と同じように、武家の徳目では律しきれない近世社会の武士の現実があることに、西鶴は気づいていたのではないだろうか。

「経営書」の小説

貞享五年正月、『日本永代蔵』が刊行された。この本は、副題に「大福新長者教」と記している。『長者教』は、鎌田屋・那波屋・泉屋の三長者が、金持になる心得を説いた仮名草子で、寛永四年（一六二七）刊の版本をはじめ、写本でも流布したベストセラーであった。

西鶴は、この先行書に倣《なら》い、一種の経済小説を創作した。西鶴の浮世草子のなかでは最もよく売れた本のようだ。現存本は、二系統に分かれる。一つは、三都版系統のもの。初版は、大坂森田庄太郎・京都金屋長兵衛・江戸西村梅風軒の三書肆を刊記に記す。江戸売捌《うりさばき》元の西村梅風軒は、西村市郎右衛門の出店のような存在だった西村半兵衛のことである。西鶴本の江戸での販売を、ほとんど独占した万屋清兵衛に対抗し、本書の売捌を手がけたものであろう。さらに、この西村梅風軒を刊記から削った二都版がある。両版の巻末には、実際には出版されなかったが、『甚忍記』という本の近刊予告を載せる。後には、このような広告を付すことは普通になるが、きわめて早い時期の広告例である。後述するが、西沢版とよばれる、版元の異なるもう一つの系統の本にも『甚忍記』の広告が載るので、この広告掲載には、版元の森田庄太郎ではなく、西鶴が関与していたことがわかる。また目録には、のれんに家紋をあしらった独特の絵が添えられている。この意匠も西鶴の考えによるものだろう。『好色一代男』の刊行と同じように、流行作家になっても、出版企画そのものに、西鶴は深くかかわっていた。

この森田版は、約八十年たった安永頃に、北田清左衛門という本屋に買い取られる。さらに前川文栄堂（河内屋源七）に求版され、幕末の嘉永年間には河内屋藤四郎以下三都の十一書肆に版権が移譲された。『永代蔵』は、江戸時代を通じて読者を得たロングセラーであった。

もう一つの系統は、前述のように、西沢太兵衛が刊行したものである。書型を森田版より一まわり小さい半紙本にし、六巻三十章を地域別に編集しなおした。挿絵は、原版とほとんど同じだが、本文には誤脱がみられる。この本は、刊記に「貞享五歳辰五月吉日／書林西沢大《ママ》兵衛重刊」とあるので、原版刊行のわずか五か月後に出版されたことになる。

江戸版『好色一代男』のような重版が、三都版のあとに早速刊行されたわけだが、西沢太兵衛は大坂の本屋である。元禄九年『増益書籍目録』には、西沢版が二匁三分の値段で森田版（値段は三匁）と並記されているので、森田側の了解を得ての重版であろう。上方本の重版・類版の伝統をもつ江戸書肆も、恐らく『好色一代男』重版をめぐるトラブルが原因となったと思うが、貞享二年頃から、重版をひかえる傾向がみられる。貞享五年の段階で、上方の書肆同士が、勝手に重版を刊行することは考えられない。この西沢版も、宝暦頃（一七五〇頃）に大坂心斎橋筋、柏原屋佐兵衛に求版され、版を重ねた。

さて、本書が刊行されたのは、貞享五年だが、巻一〜四と巻五・六の執筆時期が相違すると考えるのが定説である。暉峻康隆氏は、貞享三年春頃に巻一〜四が書かれ、巻五・六は、出版にあたって追加されたと考えるのに対し、谷脇理史氏は、巻五・六が貞享三年後半期に成立し、巻一〜四は、それに書き加えられたと主張した。両説の対立は際立っているが、現在まだどちらが正しいか決着がついていない。

執筆時期がなぜ問題にされたかというと、西鶴の創作意識の展開を跡づけようとするなら、本の刊行時期ではなく、原稿の執筆された時期を問題にしなければならないからだ。両氏の論争がきっかけになって、版本を詳細に検討し、そこから草稿の原初形態を推測する研究が、さかんになった。が、近現代作家のように、草稿や日記が残されているのならともかく、現存の版本を唯一の資料として、版面の不整合から、草稿を類推する作業には、限界がある。また、西鶴の創作意識や表現方法を、直線のように、ある作品から次の作品へ発展的に把握することにも問題があると私は思うので、ここでは、各作品の草稿執筆時期には言及しない。

『日本永代蔵』が好評を博したのは、富をたくわえることへの西鶴の視線が、的確であったからであろう。西鶴は、資本・才覚・運を蓄財の三条件とする。随所にみられる教訓は、『長者教』のように教条的ではなく、むしろ常識的であるがゆえに、当時の町人の共感が得やすかったと思われる。面白い筋の話に添えられる教訓は、その内容が突出したものであるよりは、誰もが首肯できる方が、文芸的効果をあげる。

たとえば巻五の二「世渡《よわた》りには淀鯉《よどこい》のはたらき」では、メイン・テーマの、成功した鯉屋の話のほかに、掛取り（掛売代金を回収する借金取り）の心得と、「借銭《しゃくせん》の淵《ふち》をわたり付て、幾度《いくたび》か年の瀬越《せごし》をしたる人」の智恵や、同情心を起こして破産した掛取りの話が書かれている。

○大節季《せっき》の闇《くらき》事は、秋《あき》の比《ころ》の月夜《よ》よりしれたる事《こと》を、人皆《みな》さし当《あた》りて是《これ》を驚《をどろ》きぬ。
○売掛《うりかけ》も、たとへば十貫目《くはんめ》の物、みつ壱《ひと》ぶんにして、三貫目と請払《うけはら》ひすれば、世間《せけん》に尾《を》をみせず、狐《きつね》よりは化《ばけ》すまして世《よ》をわたる事、人の才覚《さいかく》也。
○掛銀《かけぎん》は取よきから集《あつむ》る事なり。
○惣《そう》じて掛乞《かけごひ》の無常《むじやう》を観《くはん》ずる事なかれ。
○折《をり》ふしの寒《さむ》きとて、掛乞宿《かけこふやど》にて酒を呑《のみ》、湯漬飯《ゆづけめし》をくふ事必《かなら》ずせぬ事。
○たとへば公家《くげ》のおとし子、大名の筋目《すぢめ》あればとて、昔の剱《つるぎ》の売喰《うりぐい》、運《うん》は天に、具足《ぐそく》は質《しち》屋に有ては、時《とき》の役《やく》には立がたし。只智恵才覚《ちゑさいかく》といふも世わたりの外はなし。

○人程賢《かしこく》て愚《をろか》なる者はなし。借銭の宿《やど》にも様々の仕掛者《しかけもの》有。油断《ゆだん》する事なかれ。

わずか一章のなかに、このようにふんだんに、教訓的言辞がちりばめられている。教訓内容も、掛銀（掛売買の代金）を取られる側には、三割払っておけば体面が保てると教訓（？）し、取る側には、相手から接待を受けるな、取りやすいところから取れと、きわめて実践的な処世訓である。大名や公家を引き合いに出しての教訓、「人程賢て愚なる者はなし」といった見事なアフォリズム（警句）。仮名草子にはみられない実践的で多様な教訓に、この作品の真骨頂があった。

また、吝嗇《りんしょく》（ケチ）で成功した藤市（巻二の一）、茶の出しがらを葉茶にまぜ、財をなしたが狂乱した男（巻四の四）、今のデパート商法をあみだした三井八郎右衛門（巻一の四）、北浜の米市の落米を拾って財産をなした後家（巻一の三）、拾った手紙を廓に届けたことから廓にいりびたって破産した二代目（巻一の二）など、成功するにしろ、破産するにしろ、本書の話の展開は多彩である。

享保十三年（一七二八）頃、三井家三代目高房のまとめた『町人考見録』は、商人の成功例、失敗例を編纂した教訓書であるが、このなかに「此市兵衛がしまつ咄し、諸人の多くしる所、猶《なほ》草紙永代蔵などに、是《これ》を書載す。」と本書巻二の一「世界《せかい》の借屋大将《だいしやう》」にふれた記述がある。『永代蔵』が、当時の商人に、経営書としての実用性をともなつてよく読まれていたことがうかがわれよう。本書の豊富な内容は、商業情報の発信、受信地としての大坂に拠《よ》るところが大きい。素材となった話は、俳諧ネットワークなどを通じ、西鶴のもとにもたらされたものであろう。

II　西鶴の晩年と遺稿出版

『世間胸算用』のリアリティ

西鶴の代表作『世間胸算用』五巻は、元禄五年（一六九二）に、大坂伊丹屋太郎右衛門、京都上村平左衛門、江戸万屋清兵衛から刊行された。西鶴は元禄六年八月十日に死んでいるので、最晩年に刊行された作品である。題簽と目録題下に「大晦日は一日千金」と記されるが、この文句が本書の方法をよく示している。すなわち、各巻四章、全部で二十章の短編が、すべて大晦日の出来事に設定されているのだ。作品に登場するのは中下層町人がほとんどである。金持ちとなったり破産したりする登場人物、すなわち富／貧、倹約／浪費、能動／受動の対立的世界を移動する主人公をもった『日本永代蔵』とは異なり、富／貧の構造があたかも固定しているかのように、本書では設定されている。

序文で、西鶴は「元日より胸算用油断なく、一日千金の大晦日をしるべし」と述べる。意味は、「才覚を働かせて、一日に千金が動く大切な大晦日（掛売買の決算日）に困らぬよう、普段から油断なくかせぎなさい」ということである。この教訓は、本書でしばしば繰り返される。教訓内容は常識的であるから、本書以外にも、貞享末年以降に刊行された西鶴作品には、同様な教訓がよく見られる。教訓内容の斬新さとバラエティという点では、『日本永代蔵』の方が、はるかに面白い。

が、『世間胸算用』では、単純な教訓が『日本永代蔵』とは異なる効果をあげた。本書には、掛売買さえ思いもよらない極貧層の町人の悲喜劇を描いた章がある。これらの短編は、対象を客観的にみている西鶴の散文精神を示すものとして、高く評価されてきた。しかし、西鶴は極貧層を客観的にみているのではなく、下層町人の生活を述べるはなし手の視点は、大晦日のために普段から油断なくかせがねばならない中流階層に属する町人の視点である。このような視点が、反復される教訓により固定されているのである。

たとえば、巻一の二「長刀《なぎなた》はむかしの鞘」は、「浅間敷哀《あさましく》れ」な貧乏長屋の描写から始まるが、続いて、晦日（月末）切の家賃、当座買い（現金による売買）、質種の心あてのおかげで、貧乏人も「楽《たの》しみは貧賤《ひんせん》に有」という生活をしていると述べられる。このはなし手の観察が「人みな年中の高ぐゝりばかりして、毎月の胸《むね》算用せぬによつて、つばめのあはぬ事ぞかし」という教訓に結びつく。このような教訓のあり方は、はなし手の視点が中流程度の町人であることを明確にしている。その上で、この短編は、質種の羅列で貧家の生活を暗示する手法をとり、「むかしは千二百石取たる人の息女《そくぢょ》」だった浪人妻や、衣を質に置いた鉢ひらき坊主など、長屋の貧乏人の生活をユーモラスに描いた。

はなし手と読者は、下層町人の生活を笑いながら傍観する。しかし、その微苦笑は、大晦日が町人共通の状況として描かれているために、自分達に向けられた笑いでもあった。中層町人の視点から描かれた下層町人の救いようのない生活は、実は中層町人自身の生活を映し出す鏡となっている。恐らく、当時の読者は、大晦日の自分達の生活と西鶴の描く貧家の様子とが本質的に同じことを直観しながらこの章を読み、何らかの教訓を導きだしたことだろう。

大晦日という時間設定が、日常生活から虚構の空間を切り取ることがなければ、このような笑いが生じることはなかったのだ。

巻二の四「門柱《かどばしら》も皆《みな》かりの世」は、狂言自殺で大節季を切り抜けようとする商人と角前髪《すみまえがみ》（元服直前の丁稚《でっち》）の掛取りとの緊迫したやりとりから成り立っている。似たような内容であるにもかかわらず、前節で例示した『日本永代蔵』巻五の二「世渡《よわた》りには淀鯉《よどこい》のはたらき」の機智に富んだ教訓的言辞が、全くみられない。


「さて狂言《きやうげん》は果《はて》たそふに御座る。わたくしかたの請取て帰りましよ」と申せば
「男盛《ざか》りの者《もの》共さへ了簡《りやうけん》して帰るに、おのれ一人跡《あと》に残り、物を子細らしく、人のする事を狂言とは」

「此いそがしき中に、無用の死《しに》てんごうと存た」

「其詮議《せんぎ》いらぬ事」

「とかくとらねば帰らぬ」

「何を」

「銀子を」

「何ものがとる」

「何もの取が我等《われら》が得もの。傍輩《ほうばい》あまたの中に、人の手にあまつて、とりにくいかけ計《ばかり》を、二十七軒わたくし請取、此帳面《ちやうめん》見給へ、二十六軒取済《すま》して、爰《ここ》ばかりとらでは帰らぬ所。此銀済ぬうちは、内普請《ぶしん》なされた材木《ざいもく》はこちのもの。さらば取て帰らん」

この章では、大晦日一日の出来事が、それ以外の日々の日常生活から切り離されたように描かれている。登場人物の大晦日以外の生活には、ほとんど言及がない。狂言自殺をはかった商人の商売についての記述はないし、角前髪の掛取りが、その後どうなったかについても記されていない。商人達の行為にリアリティをもたらす唯一の要因は、大晦日の設定だけとは言えないだろうか。

いわば、大晦日の設定にリアリティを媒介された非日常的世界が、緊張感をもった笑いをもたらしているのだ。

『西鶴置土産』の世界

元禄六（一六九三）年八月十日、西鶴は五十二歳で死んだ。その年の冬、辞世吟・追善発句・肖像などを載せた『西鶴置土産』が刊行される。西鶴の辞世「浮世の月見過しにけり末二年」については、第一章で述べたので、本項ではふれない。

本書には、北条団水の序文と西鶴の自序とを付すが、西鶴の署名と印記は『世間胸算用』を模刻したものである。また、全十五章の短編のなかには、明らかに未完成な章が含まれている。

西鶴の序に「世界の偽《うそ》かたまつて、ひとつの美遊《びゆ》となれり。是をおもふに、真言《まこと》をかたり、揚屋《あげ》に一日は暮がたし、（略）凡《およそ》万人のしれる色道のうはもり、なれる行末《ゆくすへ》あつめて、此外になし、是を大全とす。」と述べるように、本書は、色道の至極に達して破産した男達を主人公にした十五章から構成される。完成度の高い短編は、西鶴晩年の心境を反映した名作と、正宗白鳥らの近代作家から高い評価を得た。

元禄五年刊『広益書籍目録』の「好色類并楽事」の項には、百一部の書名が掲載されるが、このうち「好色何々」と題した本が、西鶴本を除き、三十六部に及んでいる。私の見た範囲でも、猥褻《わいせつ》な内容をもつ本もある。このような好色本流行の元祖が西鶴であるという認識は、西鶴没後も、次世代の作者に踏襲された。

尤も好色本《かうしよくぼん》世々にひろく、難波津にては、西鶴一代男より書《か》き初《そ》め、去年清月《せいげつ》の比《ころ》、新色五巻書《しんしきごくわんしよ》までの色草子《いろざうし》、指《ゆび》をるに遑《いとま》なし。（西沢一風『食流御前義経記』元禄十三）

今色さとのうわさ、おほくの咄につゝりて、浮世本の品々有といへ共、大かた二万翁《おう》（西鶴）の作《さく》せられし内をひろいあつめたれば、襖障子《ふすましようじ》の上張《うわばり》を仕《し》かへたるがごとし。（井上軒流幾『契情刻多葉粉《けいせいきざみたばこ》』宝永初頃）

猥褻な内容よりも、趣向の面白さや演劇の摂取を売物にする、元禄十年頃から起こった新しい好色本にも、西鶴の影響が濃くみられる。右に引用した西沢一風らの叙述は、西鶴を見直しながら独自の作風を展開しようという姿勢を反映したものでもあった。つまり、『好色一代男』の亜流好色本からの脱却が、やはり西鶴本に求められたわけで、趣向ばかりか文章まで堂々と剽窃された。「襖障子《ふすましようじ》の上張《うわばり》を仕《し》かへた」ように、頻繁に、かつ多様に西鶴は利用されたのだ。

『西鶴置土産』巻二の二「人には棒振《ぼうふり》むし同前《どうぜん》におもはれ」は、金魚の餌売りに落ちぶれた利左衛門という大尽と身請けされた遊女吉州が、昔の遊び仲間の合力（金品を恵むこと）を受けようとしないという話である。落魄しても、利左衛門と吉州とが、かつての誇りを失わないのは、二人が廓で主体的、能動的に行動したからである。吉州のような遊女像は、前述した『好色一代男』の夕霧や吉野の描き方と共通する。

が、俳諧的発想から遊里と堂上世界とを重ねあわせた『好色一代男』、諸分書の視点から廓を描いた『諸艶大鑑』と、本書の作品世界との相違は著しい。西鶴の視線は、廓という場よりは、よりストレートに人間そのものに向けられている。猥雑な好色本の氾濫するなかで、このような視点から廓に生きた人間が描かれたことは特筆すべきであろう。

遺稿の出版

五部刊行された西鶴の遺稿作品の版元は、次のとおりである。

元禄六年刊『西鶴置土産』（大坂八尾甚左衛門・江戸万屋清兵衛・京田中庄兵衛）
元禄七年刊『西鶴織留』（大坂雁金屋庄兵衛・江戸万屋清兵衛・京上村平左衛門）
元禄八年刊『西鶴俗つれづれ』（大坂八尾甚左衛門・京田中庄兵衛）
元禄九年刊『万の文反古』（大坂雁金屋庄兵衛・江戸万屋清兵衛・京上村平左衛門）
元禄十二年刊『西鶴名残の友』（浪花書林〈店名未詳〉）

このうち、『西鶴織留』原刻版と『万の文反古』を除く作品には、北条団水が序文を添えている。「大坂谷町筋四丁目すゞ屋町ひがしがは（錫屋町東側）」にあった西鶴庵を守った団水が、書肆の要請に応じて遺稿の整理にあたった。

第二遺稿集『西鶴織留』六巻は、当初副題を全巻「世の人心」とし、西鶴の序文だけを付して刊行された（原刻本）が、間もなく、巻一・二の副題を「本朝町人鑑」に改め、本書の成立事情を記した団水の序文を加えた本（通行本）が出版された。団水の序によれば、西鶴は『日本永代蔵』『本朝町人鑑』『世の人心』を三部作とする予定であったが、西鶴他界のため、残された『本朝町人鑑』『世の人心』の半ばずつを取り合わせて一書をなしたという。

原刻本の版木を修訂して、版元の上村・雁金屋が通行本をなぜ刊行したのか、確実な理由はわからないけれども、西鶴の生前の意向をできるだけ尊重しようとした団水の版元への働きかけがあったのだろう。

「町人鑑」の九章、「世の人心」の十四章から『西鶴織留』は構成される。京粟田口の塩売の楽助が拾った財布を正直に持主に返し、「今の世、金子を拾《ひろ》ふてかへす事が、そもや〳〵広《ひろ》い洛《らく》中洛外《らくぐわい》にも又あるまじ。是程の聖人唐土《せいじんもろこし》も見ぬ事」と名医を感歎させたという巻二の四「塩《しほ》うりの楽《らく》すけ」のような、まとまりの良い佳作もあるが、「町人鑑」「世の人心」ともに、随想的叙述が多く、構成の緻密さを欠く。

「然ども望姓持《もとでもた》ぬ商人《あきんど》は、随分《ずいぶん》才覚に取廻《まは》しても、利銀《りぎん》にかきあげ、皆人奉公になりぬ。よき銀親の有人は、おのづから自由《じゆう》にして、何時にても見立の買置《かいをき》、利得る事多《おほ》し。（巻一の二）」など、『日本永代蔵』にくらべて、個人の才覚よりも、資本を重視する認識が目立つ。

資本の有無が貧富を決めてしまうという視点から町人の経済生活を描いたのでは、立身出世する行動的主人公を設定できない。このあたりに、本書未完の原因があったのかもしれない。

『西鶴織留』と同じ版元から第四遺稿集『万の文反古』五巻が刊行された。

この作品は、書簡の形をとった十七章からなるユニークな短編集である。仮名草子には『薄雪物語』『錦木』『小夜衣』など、手紙の交換による恋物語の伝統があった。西鶴は、江戸で破産した男が路銀を大坂の兄に無心する手紙（巻一の三）、馴染み客への心中立を述べた遊女の手紙（巻五の三）、敵討の失敗を報ずる手紙（巻二の二）、女房を置き去りにして、京で二十三人の女房を持ちかえた男の手紙（巻二の三）など、仮名草子とは異なる変化に富んだ書簡体小説を創作した。

現在、本書には、創作時期の異なる二系列の草稿があって、一部分は貞享三・四年、他は元禄二〜四年に執筆されたとする谷脇理史氏の説が有力である。▼注① 西鶴自序も備わった完成度の高い作品だが、西鶴の生前に上梓されなかった理由は、よくわからない。

京都の上村平左衛門、大坂の雁金屋庄兵衛に対し、前述の『西鶴置土産』と第三遺稿集『西鶴俗つれづれ』を刊行したのが、京都の田中庄兵衛と大坂の八尾甚左衛門であった。団水は、西鶴と関係の深い二系列の書肆に、各二作品ずつ遺稿出版をまかせたことになる。

『西鶴俗つれづれ』五巻は、統一したテーマや方法を欠いた雑然とした短編集である。団水の序文には「松寿西鶴のかぎりある今はの時、とりまぎれたるさうしの中より、この比《ころ》見さらえて、書林何某にゆづる」と書かれる。『西鶴置土産』に本書の広告が載るので、版元は早くから出版を計画したようだが、『日本永代蔵』で近刊予告された『甚忍記』の草稿を加えて団水が編集したという説があるなど、その成立には問題がある。巻二の一「只《ただ》取ものは沢桔梗銀《さはききょう》で取物はけいせい」は次のような話である。

下屋敷に身請けされた太夫吉田を、ちらっと見たケチな親仁が、浮かれたあげく、細銀一粒を溝に落としてしまう。それを探せと命じられた放蕩息子は、遊女を請け出すつもりでいる。親仁に偽わって渡した細銀が実は内蔵から持ち出されたものだと親仁は見破り、息子は勘当される。コント風な面白さはあるが、『西鶴置土産』におけるような人間そのものに向けられた西鶴の視線が感じられない。他にも、飲酒をいましめる話や、諸国咄、未完成と思われる美人談義からなる章などがある。遺稿のなかでは、最も団水の編集作業の加わった可能性が高い。

元禄十二年（一六九九）に刊行された第五遺稿集『西鶴名残の友』五巻四冊の版元は未詳である。団水序文は、本書が西鶴自筆であると述べ、目録にも「自筆」と書かれるのだが、偽筆説、自筆草稿を四人の版下書が謄写しているという説、西鶴の筆跡を真似た人物の手が加わっているという説などがあり、西鶴の自筆かどうか確定していない。版式や各章の長さが不揃いなので、未完成であったことは確実である。

その二十七章の短編は、守武・宗鑑以下、諸国の俳諧師の逸話から構成されている。西鵬（西鶴が元禄元年から四年まで名のった俳号）・田代松意・那波葎宿《りつしゆく》の三人が、恋句のない百韻に点をつけた話（巻三の六）など、西鶴自ら登場する章もある。逸話や見聞のほかに、安原貞室が三田浄久の案内で金剛山へ参詣した折、持参の琵琶を土地の者が神代の秤《はかり》の家と間違えた（巻二の二）というような咄本の話柄を利用した章も多い。

注①▼谷脇理史氏「『万の文反古』の二系列」（「国文学研究」29　一九六四・三）

芭蕉の西鶴評

西鶴の没した翌年、元禄七年（一六九四）十月十二日、大坂で芭蕉が死んだ。享年五十一歳であった。西鶴生前の文献には、芭蕉について述べた記録がない。西鶴は芭蕉の門弟、特に其角とは親交が深かったが、芭蕉と直接会ったことはないようである。芭蕉は、西鶴の文学活動をどのように見ていたのだろうか。

『去来抄』は、次のような芭蕉の評言を伝える。

先師曰《いは》く「世上の俳諧の文章を見るに、或は漢文を仮名に和らげ、或は和歌の文章に漢字を入れ、詞あしく賤しくいひなし、或は人情をいふとても、今日のさかしきくまぐ〳〵迄《まで》探り求め、西鶴が浅ましく下れる姿あり。我徒の文章は、慥《たしか》に作意をたて、文字は譬《たと》ひ漢字を借るとも、なだらかに言ひつゞけ、事は鄙俗の上に及ぶとも、懐しくいひとるべし」と也。

芭蕉の言う「俳諧の文章」は、西鶴の浮世草子をさしている。「人情を述べるにしても、細々《こまごま》したことを述べるので、西鶴の文章は品格に欠ける」と、西鶴は批判される。が、一つには、西鶴の文章を俳文と考えている事、二つには、その文章が人情を細かく探っていると理解している事、以上の二点については、的確な評価である。
異なる文学性を志向したために、親交を結ぶことなく終わった同世代の二人であったが、結局のところ、西鶴の最良の読者は、あるいは芭蕉ではなかっただろうか。

出版メディアの商業主義

西鶴の俳書、浮世草子の出版によって成長した大坂書肆は、元禄十一年（一六九八）頃から、書林仲間（組合）を形成した。幕府が、仲間を公認するのは享保七年（一七二二）になってからだが、上方では黙認されていたようだ。京都の本屋が仲間を作るのは、大坂より数年早く、元禄九年からだと推測されている。

現在、元禄七年以来の重版の処理判例集である『元禄七歳以来済帳標目』という、京都書林仲間上組の行事記録が残されている。公に重版・類版が禁止されたのは、元禄十一年だが、上方では、それよりも早く、仲間による組織的な処理が行われていた。この記録を読むと、貞享二年（一六八五）から、書林仲間の母体となった「講」が存在したことがわかる。これは京都の例であるが、大坂でも同じような組織が存在した可能性があろう。私は、西鶴本の重版問題は、貞享元年ぐらいから「講」のような組織を通じて処理されたのではないかと思うが、まだ資料が見出されない。

西鶴没後、西鶴のようなメディアを主導した作者がいなくなり、書肆の商業主義が、文芸の流れを制することとなった。八文字屋八左衛門（八文字自笑）と江島其磧との関係にみられるように、書肆が専属作者や代作者を抱えるようになる。西鶴は、主体的創作活動を続けた最初で最後の作家となったのである。

西鶴略年譜

西暦	年号	事項
1642	寛永 19	西鶴、大坂で生まれる
1666	寛文 6	3 月『遠近集』に発句三句入集
1671	寛文 11	『落花集』に発句入集
1673	寛文 13	春 3 月頃、大坂生玉社南坊で万句興行。6 月 28 日『生玉万句』刊行、9 月『哥仙大坂俳諧師』刊行
1674	延宝 2	歳旦吟に西鶴と署名
1675	延宝 3	4 月 3 日妻病没。追善の『俳諧独吟一日千句』刊行。4 月『大坂独吟集』刊。冬、剃髪法体する
1676	延宝 4	『古今俳諧師手鑑』刊行
1677	延宝 5	5 月、生玉本覚寺で一昼夜千六百句独吟、『俳諧大句数』刊行
1678	延宝 6	9 月『俳諧物種集』刊行
1679	延宝 7	3 月、大淀三千風の三千句独吟、8 月『仙台大矢数』に跋を与え刊行。10 月『飛梅千句』刊行
1680	延宝 8	5 月 7 月、一昼夜四千句独吟
1681	延宝 9	3 月『山海集』刊。4 月『西鶴大矢数』刊行
1682	天和 2	『俳諧百人一句難波色紙』刊。10 月『好色一代男』刊行
1683	天和 3	役者評判記『難波の顔は伊勢の白粉』刊行。3 月、西山宗因一周忌追善『俳諧本式百韻精進膾』刊行
1684	天和 4	3 月、江戸版『好色一代男』刊。4 月『諸艶大鑑』刊行。6 月、住吉社頭で、一昼夜二万三千五百句独吟。『古今俳諧女歌仙』刊行
1685	貞享 2	浄瑠璃『暦』刊行。正月『西鶴諸国はなし』刊行。2 月『椀久一世の物語』刊行。春、浄瑠璃『凱陣八嶋』
1686	貞享 3	2 月『好色五人女』刊行。5 月『好色一代女』刊行。11 月『本朝二十不孝』刊行
1687	貞享 4	正月『男色大鑑』刊行。3 月『懐硯』刊行。4 月『武道伝来記』刊行
1688	貞享 5	正月『日本永代蔵』刊行。2 月『武家義理物語』刊行。3 月『嵐は無常物語』刊行。6 月『色里三所世帯』刊行。 9 月以前『好色盛衰記』刊行。11 月『新可笑記』刊行
1689	元禄 2	正月『一目玉鉾』『本朝桜陰比事』刊行
1691	元禄 4	正月『椀久二世の物語』刊行か。8 月『俳諧石車』刊行
1692	元禄 5	正月『世間胸算用』刊行。秋、紀州熊野での独吟百韻に自注を加え、画巻とする〔独吟百韻自註絵巻〕
1693	元禄 6	正月『浮世栄花一代男』刊行。8 月 10 日、大坂にて死去、享年 52 歳。冬『西鶴置土産』刊

西暦	年号	事項
1694	元禄 7	3 月『西鶴織留』刊
1695	元禄 8	正月『西鶴俗つれづれ』刊
1696	元禄 9	正月『万の文反古』刊
1699	元禄 12	4 月『西鶴名残の友』刊

本書は一九九四年に『西鶴と元禄メディア　その戦略と展開』として
日本放送出版協会より刊行された書の新版である。

■著者プロフィール

中嶋 隆（なかじま・たかし）

一九五二年、長野県生まれ。早稲田大学大学院博士課程修了。大谷女子大学専任講師、横浜国立大学助教授を経て、現在、早稲田大学教授。

著書に『西鶴と元禄メディア』（NHK 出版）、『初期浮世草子の展開』（若草書房）、『西鶴と元禄文芸』（若草書房）、『都の錦集』（国書刊行会）、『世間子息気質・世間娘容気』（社会思想社）、『初期浮世草子集』（古典文庫）、『講座 日本文学と仏教』（共著 岩波書店）、『八文字屋本全集』（共編 汲古書院）、『週刊朝日百科 好色一代男』（編著 朝日新聞社）、『西鶴と浮世草子研究　第一号』（共編 笠間書院）、『浮世祝言揃』（編著、大平書屋）『好色日用食性』（編著、大平書屋）ほか。

小説『廓の与右衛門控之帳』（小学館）で、第八回小学館文庫小説賞を受賞。

【新版】西鶴《さいかく》と元禄《げんろく》メディア　その戦略と展開

2011 年 11 月 10 日　初版第 1 刷発行

著者　中嶋　隆

発行者　池田つや子

発行所　有限会社 笠間書院

東京都千代田区猿楽町 2-2-3〔〒 101-0064〕

電話 03-3295-1331　FAX3294-0996

装幀　笠間書院装幀室

ISBN978-4-305-70567-9 ©Nakajima 2011

印刷・製本　モリモト印刷

（本文用紙・中性紙使用）

乱丁・落丁本はお取り替えいたします。

出版目録は上記住所または下記まで。

http://kasamashoin.jp/